蒙田
随笔

Les Essais de Michel de Montaigne

（法国）蒙田 著
李桂德 译

时代出版传媒股份有限公司
安 徽 文 艺 出 版 社

图书在版编目（CIP）数据

蒙田随笔/(法)蒙田(Montaigne,M.E.)著；李桂德译.—合肥：安徽文艺出版社,2011.3
（理想图文藏书·人生文库）
ISBN 978-7-5396-3643-6

Ⅰ.①蒙… Ⅱ.①蒙… ②李… Ⅲ.①随笔—作品集—法国—中世纪 Ⅳ.①I565.63

中国版本图书馆CIP数据核字(2011)第019608号

出 版 人：朱寒冬　　从书统筹：岑　杰
特约编辑：苗水芝　　责任编辑：岑　杰
图片解说：大雅堂　　装帧设计：视觉共振工作室

出版发行：时代出版传媒股份有限公司　www.press-mart.com
安徽文艺出版社　www.awpub.com
地　　址：合肥市翡翠路1118号　邮政编码：230071
营 销 部：(0551) 3533889
印　　制：天津海德伟业印务有限公司　电话：022-29937888

开本：889×1194　1/32　印张：11.125　字数：250千字
版次：2011年6月第1版　2021年5月第2次印刷
定价：35.00元

在大多数作品中，我看到了写书的人；在这本书中，我看到了一个独立思考的人。

——孟德斯鸠

译者序·《蒙田随笔》常读常新

蒙田（1533—1592），法国思想家、作家。他作品的英译本于1603年问世，立即为培根、莎士比亚、拜伦、爱默生、斯蒂文森、赫胥黎等人所接纳。20世纪以来，蒙田被公认为伟大的作家。他的读者遍及全世界，大多视他为良师、益友和写随笔的巨匠。

我最初知道蒙田，是从房龙《宽容》中读到的。房龙在书中专辟一章（第18章）论述蒙田，称他有开明自由的见解，是划时代的人物。他的全部作品以常识和实际的日常生活为基础，要比文学作品更胜一筹，已经发展成为明确的生活哲理。大臣们的演讲和政治家的论文极少受人欢迎，而蒙田的书却在以智慧之士座谈会的名义下聚在一起的文明人中阅读、翻译和讨论，并且持续达三百年之久。房龙如此盛赞蒙田，我认为道理很简单，《宽容》全书表现的主题，是深厚的人道主义思想，对人类的良知最为推崇。当我把《蒙田随笔》读过一遍之后，我看到，蒙田的人道主义思想博大深刻，感人肺腑，处处体现出作者对人类的挚爱。

读《蒙田随笔》，有一个明显的感觉：蒙田与其他任何作家都有明显的不同，很难想象出他类似于哪个作家，他的创作手法跟谁相同。他的文章通俗易懂，但他绝不是一个通俗作家。他的文章所揭示的人生哲理，其深度和广度不亚于任何一个哲学家。如果说他是一个哲学家，他的文章却没有通常所见的哲学术语。他笔下的人物、事件，都是可感可知的，而且写得生动活泼，幽默风趣。如果说他不是哲学家，他对事物的探讨又是那么执著，不肯有半点疏忽，对某个事物从不轻下定论，总要从事物的正反两方面去探讨，力图把该事物看得更加明白，更加透彻。

我在翻译这本书的时候，常常被书中的内容引出会心的微笑，觉得翻译他的文章是一件轻松愉快的事；又常常为书中的内容所感动，思绪万千，感慨不已。当我译完这本书的时候，我有千言万语要向读者诉说，可我拿起笔来，又不知从何说起。为什么？我思索良久，似乎领悟出一个道理，蒙田的文章，只可意会，不可言传。它浸润到我的心田深处，浸润得太深太沉。那一份深沉，不是贫乏的言词所能够表达的。

当这本书呈现在读者面前时，我相信，读者诸君和我当初拿到蒙田的书一样，不再关心别人的评论，只会一头扎进书里，亲自去感悟，去体会，去欣赏，去品味……只有自己的感受才是最真实的。

李桂德

目录

蒙田

蒙田随笔

（法国）蒙田 著

康拉德三世参加十字军东征

第1章

殊途同归

当我们落入敌人之手任其宰割时，我们往往会卑躬屈膝以引动他们的恻隐之心；反之，无畏和刚强有时也会感化敌人。

当年富可敌国、声名显赫的威尔士亲王爱德华[1]（一度长期统治吉耶纳[2]）为了报复列摩日人的冒犯，率军攻陷列摩日城。面对满城跪拜求饶的男女老少，他毫不心慈手软，照样肆意屠杀。然而，当他看见三个法国绅士毫不畏惧地抗击强大无比的英军时，他被这意想不到的英雄壮举所折服，报复的怒火顿时烟消云散。因为敬重这三位勇士的崇高品行，他下令赦免了全城居民。

伊庇鲁斯[3]的君王斯坎培德[4]因故追杀他手下的一名兵士。被追杀者低三下四，苦苦哀求，以期主人手下留情，而斯坎培德却丝毫不为所动。情急之下，兵士一跃而起，拔剑在握，以图自保。君王敬重他的勇敢决断，马上息怒，宽恕了他。如若不了解斯坎培德勇武过人的力量，对此事或许另有看法。

康拉德三世[5]围攻巴伐利亚公爵，不屑于被困者屈辱的求和条件，只准予保全贵妇们的体面，让她们徒步出城，并允许她们携带自己力所能及的东西。她们从容不迫地背起丈夫和孩子，一步一步地向城外走去。贵妇们与其亲人同生共死的高尚行为，深深地震撼着康拉德皇帝的心灵，令他流下了激动的热泪，消释了他对公爵刻骨铭心的仇恨。此后，他便以人道对待公爵及其臣民。

忍让还是抵抗，这两种方法无论哪一种，都会轻而易举地将

1 爱德华（1330—1376），百年战争中英国的杰出将领。

2 吉耶纳，法国西南部旧地区名。

3 伊庇鲁斯，古希腊地区名，今希腊北部和阿尔巴尼亚南部。

4 斯坎培德（1403—1468），阿尔巴尼亚君王。

5 康拉德三世（1093—1152），日尔曼皇帝。

被称为『黑太子』的威尔士亲王爱德华曾经对法国实行过恐怖统治。

威尔士亲王爱德华

我打动。然而，与生俱来的恻隐之心比之钦佩似乎更符合我的天性。但是，在斯多葛派眼里，怜悯则被视为罪恶。他们固然也主张救助苦难者，那是彻底的救助，并不是同情和怜悯。

我以为，这些事例并无不当。从这些事例中，我们不难看出，心灵在软硬两种方式的撞击和考验之中，要么面对一种决不动摇，要么就让步于另外一种。可以这样说，恻隐之心所表现出的温和、驯服以及软弱，于天性阴柔者，诸如妇女、儿童和凡夫俗子之类，倾向较为明显；至于崇尚阳刚之气者，他们视勇敢为金玉，视眼泪和哀怜为粪土。即便是不很崇高的人，同样也会因敬佩而引发心灵的震鸣。例如底比斯[1]人民，他们的两位将领因超过任期却不卸任而被提交法庭治罪。派洛皮达[2]表现得贪生怕死，惶恐不安。他不知辩护，只知求饶，得到的是鄙视，而不是宽恕。伊巴密浓达[3]则临危不惧，大义凛然，历诉自己的累累功迹，傲然谴责人民忘恩负义，不识好歹，致使审判会在人们对伊巴密浓达的颂扬声中结束。

老狄奥尼修斯[4]历经千难万险，总算攻破了雷焦卡拉布里亚城[5]，顽强抵抗的守将菲通（一位坦荡君子）亦被擒获。狄奥尼修斯极尽报复之能事，对菲通大肆虐待折磨。首先，他像讲故事一样对菲通描述了前一天菲通之子及其亲属如何被溺死。菲通回答说：“他们的离去于他们实为一件幸事。”其后，他命打手剥

1　底比斯，古希腊城邦名，曾击败雅典和斯巴达，称霸希腊。公元前335年为马其顿所灭。

2　派洛皮达，古希腊底比斯的将军和政治家。

3　伊巴密浓达，同上。

4　老狄奥尼修斯（公元前430—公元前367），锡拉库萨的君主。锡拉库萨为意大利西西里岛海港，建于公元前734年。

5　雷焦卡拉布里亚城，意大利南部城市。

光菲通的衣裳，拖到外面游街示众。凶残的鞭打和非人的辱骂使菲通变得更加坚强。面对惨无人道的酷刑，他慷慨陈词。他为了高贵的事业而死，为了不让自己的国土沦落暴君之手而死，虽死犹荣。同时警告施暴者，暴君的恶行必遭天谴。狄奥尼修斯从众兵士的目光中看出，他们非但未被菲通的慷慨陈词所激怒，反而为自己的胜利蒙羞。他们岂止是被菲通罕见的勇气所感动，简直就要谋反叛乱，将菲通从酷刑中解救出来。狄奥尼修斯怕了，他立即下令停止这场酷刑，暗中遣人将菲通尸沉大海。

人，并非固定不变之物，常常显得漂浮不定，难以捉摸。庞培[1]赦免深为其所恨的马墨提奥[2]全城居民，单单只为一个名叫芝诺的城内公民情愿承担全城罪过而独自受罚。至于佩鲁贾[3]的公民显出同样的忠勇，却是无济于事。

亚历山大[4]是个例外。他不但勇猛无比，而且又能宽待战败之人。然而，当他突破重重障碍攻破加沙城时，正好与守城将领贝蒂斯相遇。此人异常英勇，他在围城时已亲眼目睹：尽管他身陷重围，身负重伤，剑折刀断，士卒尽数逃散，依然傲立阵地毫无惧色，孤身一人与马其顿敌军血战到底。亚历山大的胜利并未抚平他心头的怒火（激战中不但损失惨重，连他本人也身受两处重创）。他对贝蒂斯说："贝蒂斯，我不会让你如愿而死，我要让你饱尝战俘的屈辱和折磨。"贝蒂斯傲气凛然，对此不屑一

1　庞培（公元前106—公元前48），古罗马统帅。

2　马墨提奥人，古代西西里岛北部居民，自称战神之子，以强盗为业。

3　佩鲁贾，意大利城市。

4　亚历山大大帝（公元前356—公元前323），马其顿国王，大举侵略东方，建立了亚历山大帝国。

亚历山大大帝

在公元前2世纪的这块花瓶残片上，亚历山大大帝头戴饰有星辰符号的头饰。在亚历山大的王国里占星术盛行，据说亚历山大大帝常根据星相来筹划战事并连连告捷。

顾。亚历山大愣住了：“他当真从不屈膝？他当真不肯求饶？我要打破这可恶的沉默；就算我不能让他开口说话，我也要让他的心灵痛苦呻吟。”愤怒使他疯狂，他下令刺穿贝蒂斯的脚跟，将其人挂在马车后面活活拖死。

是因为他一向勇猛而无视勇敢的高贵，还是因为他自视为天下第一勇士而不能容忍比他更有勇气的人？抑或是他生性暴戾，从来就是“逆我者亡”？

攻陷底比斯城，占领者对完全失去防御工事的战士进行了整整一天的大屠杀。城中六千人无一逃跑，无一求饶，个个向前，人人争先，以战死为荣。就是奄奄一息的伤员，临死也不忘自己的尊严，顽强抗敌，直至流尽最后一滴血。如此悲壮的场面，亚历山大竟然视而不见，毫不手软。假如他不是天生暴戾，假如他是宽宏大度的真君子，上述悲剧理应避免。最后，城中壮丁无一存活，惟有三万老弱妇孺沦为奴隶。

《悲伤的女人》| 意大利 | 柯勒乔

第2章

论忧伤

忧伤与我几乎无缘，因为我既不爱它也不欣赏它。世人老爱把它挂在嘴边，还要饰以诸如智慧、道德和良心之类的华丽衣裳。哈，真是滑稽可笑！意大利人称忧伤为邪恶，实在是讲到了点子上。因为忧伤从来就是一种有害的品质，总是和空虚慵懒、懦弱卑小搅在一起。无怪乎斯多葛派哲人对它特别禁忌。

据说埃及国王普萨梅尼特战败，做了波斯王冈比西斯的俘虏。与他一同沦为俘虏的女儿，提着水桶可怜巴巴地从他身边走过时，朋友们感伤不已，纷纷落泪，而他却无动于衷，低头不语；看到儿子被拉去处斩，他依然不动声色。直到他最后一个亲信从战俘中被拖走后，他才开始捶胸顿足，悲痛欲绝。

前不久，本邦的一位亲王也有过类似的情形。他在特朗特接连听到两个不幸的消息：一个是他的长兄之死，另一个是他的二哥去世。其长兄是他们家族的顶梁台柱，代表着整个家族的荣耀和自豪。长兄去世后，家族的希望随之寄托在二哥身上。不料二哥也去世了。如此巨大的打击，他居然挺住了。几天之后，一个仆人的死亡，反而令他痛不欲生。有人说，他是被这最后一击摧垮的。其实，先前的不幸已经把他推到了绝望的边缘，往后那怕是一丁点儿的精神刺激，也足以把他摧垮。回到前面所讲的故事，冈比西斯问普萨梅尼特："为什么不为儿女的不幸而悲，倒是为朋友的不幸大悲？"答曰："丧友之痛，痛于言表；丧亲之痛，无言可表。"

古代画家留下过一幅伊菲革涅亚[1]献祭仪式的作品，画中殉

---

1 伊菲革涅亚是希腊神话中的人物，因其父触怒女神而受惩罚——必须把伊菲革涅亚献给女神才能免除灾祸。

《冈比西斯二世和普萨梅尼特》**|** 法国 **|** 吉涅

冈比西斯二世于公元前 525 年征服了埃及。他对埃及法老普萨梅尼特百般凌辱，甚至强迫其喝牛血——牛在埃及是祭祀圣灵之物。

难少女的美丽、清纯以及各个层次的描绘，表现得凄楚动人，淋漓尽致，而少女的父亲仅是以手掩面。是画家的功力不够，还是巨大的悲痛从来就难以表达？诗人笔下的尼俄柏[1]是位不幸的母亲，她始而丧七子，继而丧七女，接踵而至的丧亲之痛，把个活生生的母亲变成了石头。

悲痛将她化为石像。——奥维德[2]

突如其来的噩耗以迅雷不及掩耳之势轰然而至，刹那间摧毁我们所有的感觉神经。所谓大悲不言痛，即是此种状态。然而，巨大的悲痛终于将泪水挤压出来的时候，它多少会洗去一些哀愁，像化脓一样带走烂掉的伤痛。

痛苦终于发泄出来。——维吉尔[3]

在布达战场上（弗迪南[4]与匈牙利国王约翰的遗孀之征战），一匹战马驮着一具尸体格外引人注目地奔驰而来。死者英勇善战，表现非凡，深得众人敬仰。当死者的盔甲被解开时，在场的战士个个泪流满面，惟独德军统帅雷萨利亚克毫无表情。他目不转睛地凝视着死者，像石头人一样，砰然倒在地上。原来死者就是他的儿子。

言辞能够表达的爱火，是文火。——彼得拉克

再看以下诗句：

自从你在我眼前出现，累斯比，

爱情使我丧失自制能力，

1　尼俄柏，希腊神话中一位因丧子而悲伤度日的妇女。

2　奥维德（公元前43—公元18），古罗马最伟大的诗人之一。

3　维吉尔（公元前70—公元前19），罗马最伟大的诗人。

4　弗迪南（1503—1564），波希米亚和匈牙利国王，后为德国皇帝。

千言万语无从说起。

无形的火焰在血管里蔓延，

耳朵翁塞如同聋子，

眼睛昏花好像盲人。 ——卡图鲁斯

无论是悲是喜，感情冲动一旦超出常态，就会变得疯狂无度，不由自主。那些爱得死去活来的情人，眼见好端端的，陡然间就会觉得若有所失，茫然无措。可以体会且能承受的感情，都是寻常之情。

小灾小难可以诉说，大灾大难苦不堪言。 ——塞内加[1]

意外的惊喜也常常如此：

当我随特洛伊军队行进到她眼前，

仿佛奇迹来自天边，

她芳容顿失，头重脚轻，

一头栽倒地上，许久不能语言。

罗马一位贵妇看见儿子从坎尼的败仗死里逃生回到家里，大喜过望而命丧黄泉。索福克勒斯因兴奋过度而死，暴君狄奥尼修斯[2]也不例外。客居科西嘉的塔尔瓦，听到自己获得罗马元老院授予的荣誉称号，得意忘形把命丧。莱昂十世教皇得知他朝思暮想的米兰已被攻占，激动得当场倒地，一命呜呼。古人记载的有关事例，还有一例更加不可思议：辩证法大师狄奥罗斯，因为一时不能解答别人提出的问题，顿感无颜面对学生和听众，当场气死。我生性愚钝，少有激情，并多用理性来强化自己。

1　塞内加是古罗马雄辩家、悲剧作家、哲学家、政治家。

2　狄奥尼修斯（公元前367—公元前344），锡拉库萨国王，老狄奥尼修斯之子。

《临近赫了斯滂海峡的薛西斯》丨法国丨吉涅

第3章
论心态失衡

我们家乡有位绅士，被痛风病折磨得死去活来，医生要他强行戒除他平素最喜食的咸肉类食品。每当他想起那些盐腌香肠、猪舌和火腿等腊味而馋涎欲滴的时候，他就声嘶力竭地把它们臭骂一顿，其欲食则不能的火气便消停了许多。一个人满怀信心又志在必得去击打某物，结果失手未中，就会懊恼异常。所以说，眺望美景，视线不应消失在茫茫天外，而应当固定在视力所及范围之内。

若非密林做屏障，

风儿无处把身藏。 ——卢卡努

心灵也是这样，一旦失算就会心智大乱，如果找不到发泄的对象，就会自怨自艾，自我折磨。普鲁塔克[1]说，那些喜爱猴子或小狗的人，如果是因为自身的爱心没有正常的依托，这种爱与其说是聊以自慰，毋宁说是矫揉造作。

我们发现，心灵的激情往往偏向于自欺欺人，常常杜撰出一个虚无的目标，甚至于背离自己的信仰，其结果不言而喻，那纯粹是无的放矢。野兽发狂的时候，会扑咬伤害它们的石头或器械，甚至还会反咬自己，把无可奈何的伤痛发泄在自己身上。

被标枪击中的母熊，

疯狂异常，带着伤痛，

向刺来的矛头猛攻。 ——卢卡努

灾祸突然降临时，我们不会马上就去查找原因，也不会想好应该不应该有所举措，而是先把一腔怒火发泄于某人某物。只有在无从发泄的时候，才会撕扯自己的头发，捶打自己的胸膛，拿自己来

1　普鲁塔克（约46—120），古希腊传记作家、散文家。

《普鲁塔克》丨 古希腊雕塑

本图是根据铜质雕像绘制，原雕塑作于公元 35 年 –40 年。

讽刺卡利古拉的雕塑

出气。李维[1]谈到罗马军队在西班牙失去他们的好兄弟——两位举足轻重的将领时，说道：

全体官兵抱头痛哭，泣不成声。

这是人之常情。哲学家尼翁讲了一个笑话，说某国王因某事伤心，伤心得将头发一把一把地揪掉，“莫非他真以为秃顶可以免除悲伤不成？”赌徒赌输了钱就吃纸牌，吞骰子，在赌场上也不是什么新鲜事情。薛西斯[2]鞭抽大海，向阿托斯山[3]下战书；居鲁士渡日努河时，因为受了惊吓，令所有士兵咒骂该河数日；卡利古拉[4]拆毁好端端的一座宫殿，只因为其母曾被囚禁于此。小时候，我听过这样一个故事：邻国有一位国王，因被上帝惩罚，便起誓报复，宣布在他的领地里，十年不祷告，不奉神，连神名都不许提及，只要他还是国王，就不信这个神。故事的寓意在于显示其民族自尊心，不在于国王的愚昧无知。但是，自负和愚蠢又常常是相辅相成的。奥古斯都·恺撒[5]在海上遭暴风雨袭击，迁怒于海神尼普顿，在奉神大典上，把尼普顿从诸神牌位中扔将出去，以泄其愤。更有甚者，瓦鲁斯将军兵败德国，奥古斯都悲愤欲绝，以头撞墙，狂呼道：“瓦鲁斯，还我军团！”如此亵渎神灵以求遂心如愿，实为愚不可及，如同色雷斯人，遇到打雷闪电就向天上射箭，警示天神不要胡作非为。《普鲁塔克集》有诗一首：

不要怨天，不要怨地，你的恼恨，天地岂知？

只是，我们从来就不骂自己颠三倒四，神经兮兮。

1　李维（公元前64—公元前10），古罗马历史学家。

2　薛西斯（约公元前519—公元前465），古波斯帝国国王。

3　阿托斯山，希腊的圣山。

4　卡利古拉（21—41），罗马帝国皇帝。

5　奥古斯都·恺撒（公元前63—公元14），罗马帝国皇帝。

《母神》| 17 世纪雕刻作品

第4章
论散漫

如我们所见，辍耕的土地上杂草丛生，若要它变成良田，就要重新耕作，播撒良种；乱生乱育的妇人生出一窝无用的生命，若要身心健全的后代，就必须教育她优生优育。人的心田亦如此，若是没有明确的理念，就会胡思乱想，正事不做，闲事有余。

日月之光从水面反射，
铜盆里的水摇摇晃晃，
耀眼的光线照在天花板上，
光影杂乱无章。——维吉尔

杂乱的心田不生正果，只生迷乱和虚幻。

仿佛痴人说梦，
漫游仙宫。——贺拉斯[1]

人的思想若无明确的方向就会迷失自己，如人所说：

居无定所，无以为家。

我一退休回家，就执意不再招揽任何事情，只管随意消遣、娱乐和休息。我以为如此度日，人会更加完善和稳定，不料适得其反：

闲散心更乱。——卢卡努

像摆脱主人驾驭的奔马，漫无目的地狂奔乱跑。闲来无事，最易想入非非，荒唐古怪。将之笔录下来，以便警醒自己。

1　贺拉斯（公元前65—公元前8），古罗马抒情诗人。

《雅各的梯子》

《教皇尤利乌斯二世》 | 漫画

第5章
论谎言

说到记忆力，恐怕满世界去找，也找不到一个比我的记忆力更差的人。我天生愚钝姑且不论，还要加上记忆力不好，不是一般的不好，而是鼎鼎有名的不好。这一缺陷使我十分尴尬（智者柏拉图有言：非凡的记忆力犹如女神巨大的权势）。在我们家乡，说某人愚蠢，就是说某人没有记性。我怨自己记性不好，他们不信，怪我不该自贬为蠢人。他们把记忆力和理解力混为一谈，令我更加尴尬。他们错怪我了。生活中的经验每每告诉我们，记忆力强的人，判断力往往就弱。更有甚者，他们冲着我易忘事的毛病，众口一词地说我忘恩负义（敝人确实爱忘事，但从来不忘友情），说我记性不好是因为寡情薄义，把忘事和忘情强扯到一起。某人说："他总是丢三落四，不是忘记这样就是忘记那样，多半是不把朋友放在心里。""他从来不记得为我做些什么，为我说些什么，为我不该说些什么。"我的确易于忘事，但我从未忽略过朋友托付我的任何事情。忘记朋友决非我的天性，我的天性只是记不住我不该记的事情。

我的记性不好确实令我欣慰。首先，它弥补了一个极有可能生成的更加糟糕的错失，即名利熏心。记性差的人休想在社交界找到立足之地。有一弊则有一利，这是自然规律。上天让我短于记忆，就会让我长于思辨。假如我长于记忆，把别人的思想观念统统牢记在心，自己的思维和判断能力就会失去发展的天地。正因为我记不住太多东西，说起话来就不会喋喋不休。假如我对自己的记忆力很有信心，就会尽其所能地把脑袋里的东西抖将出来，让朋友们听得耳朵麻木还不停止。可惜我无此特长。如我所见，我的几个较为亲近的朋友，他们依仗强势的记忆力，讲起话

《饶舌的威力》 | 法国 | 波伊利

来旁征博引，离题千里而不自觉。开始听时感觉是个好故事，越往下听就越觉得索然无味。你会烦他记性太好，或者烦他判断力太糟。平心而论，有所取舍，适可而止，并非人人都能做到。你看那骏马，欲行便行，欲止便止，动作干净利落。即便是一些讲话不很啰嗦的人，话匣子一打开，稍不留神就会漫无边际地讲下去，仿佛是拖着一双不听使唤的腿，在该停的地方停不下来。至于老人，讲起话来更是无休无止。他们记得非常久远的事情，只是不记得这些事情已经讲了多少遍。一个很精彩的故事，只要从他们的口中说出，就会变得枯燥乏味。因为他们会对同样的人讲同样的事千遍万遍。

我的记性差另有一个好处，诚如一位古人所言，我不大记得曾经受过的凌辱。我不会像大流士那样，念念不忘雅典人对他的侮辱，每次吃饭都要命侍从在他的耳边重复三遍："老爷，不要忘记雅典人！"我重读一本书，重游一个地方，都会从中找到新意，感到快乐。

"他说记性差，多半是在讲假话。"这样说也不是没有道理。但是，语法学家对假话的定义和谎话不一样。假话是指说话的人把不真实的事信以为真地说了出来；而谎话（源于拉丁文——我们的法语亦源于拉丁文）是指讲出来的话不是真心话。我现在论说的谎话指后者，即有意不讲真心话。说谎话的人要么全盘捏造，要么遮遮掩掩。他们由着自己的想象凭空编造一件事情，而同一件事情在不同的时间讲出来就不一样，不可能没有破绽。真实的东西实落落的，很容易记住，而虚假的东西无凭无据，难以依持。说谎者说来说去，自己原先说了些什么，他们自己都不可能一一记清。这些人为了虚荣和野心不惜牺牲自己的信义和良心。同一件事情对这个人这样说，对那个人又那样说，黑的说成是白的，白的说成是灰的，无根无据的事情翻来覆去地讲了又讲，其记忆力之非凡简直不可思议。他们深信不讲谎话办不成大事，从未想过是否能够得逞，是否可以维持下去。

撒谎是一种恶习。人与人之间的交流沟通全靠语言维系。谎言之丑恶与危害更甚于其他罪恶，理应将它赶尽杀绝。有的父母管教孩子，为了一些鸡毛蒜皮的过失，为了一些既不伤大雅又不会引起任何后果的恶作剧，动辄打骂。我以为，最要防范的是撒谎和顽劣。这两种恶习一旦在幼小的心灵中发育生长，长大后就会根深蒂固。说谎成了习惯，不说谎反而不习惯了。一些原本诚实的人，不知不觉染上了撒谎的恶习，然后恶性循环，习以为常。比如我那位貌似老实巴交的裁缝，我难得听他不讲谎话。明摆着能够给他带来好处的真话，他也不讲。若谎言和真理一样，可以看得见摸得着，还好应付，因为我们可以把它倒过来看。但是，谎言稀奇古怪，千变万化，着实让人摸不着头脑。毕达哥拉斯派[1]认为：善者有形可定，恶者无形无定；真理只有一个，谎言则不计其数。一位古代神父说："与心气相通的狗为伴，胜过与话不投机的人为伍。"

陌生之人，如同非人。——普林尼

在人际交往中，谎言难道不比无言更令人难堪吗？

---

1 毕达哥拉斯派，哲学流派和宗教同盟，古希腊哲学家毕达哥拉斯所创。

法国国王弗朗索瓦一世[1]因为把有名的能言之士弗朗西斯克·塔维纳驳得无言以对而颇为自鸣得意。弗朗西斯克是米兰公爵弗朗索瓦·斯福扎的使者，因为一桩后果严重的事件，前来向国王赔罪致歉。事情经过如下：弗朗索瓦一世被逐出意大利，但他想同意大利及米兰公爵领地继续保持联系，遂派使者前往米兰公爵处。为掩人耳目，该使者以私人身份出现。其时，米兰公爵刚刚和罗马帝国皇帝的侄女洛林订婚。洛林是丹麦国王的女儿，继承了亡夫的巨额遗产。公爵此时更加依赖于皇帝。为了保全自身的利益，公爵不能让皇帝察觉他跟法国人有任何联络。担当法国使者的人是法国国王的亲信，米兰人梅维伊。梅维伊到米兰后，以操办私事作掩护，暗中履行国王的使命。久而久之，皇帝对此事有所觉察。公爵为保全自己，制造谋杀假象，抢先杀人灭口，派人在夜晚将案犯处决，两天之内将该案了结。法国国王致函所有的基督教国王和米兰公爵本人询问此事缘由。弗朗西斯克精心编造好该案的全部经过，代表公爵来到法国向国王陈述。在国王早朝时，他以雄辩的口才，堂而皇之地陈述了梅维伊遇害的理由：梅维伊到米兰仅仅是从事他个人的私人事务，从未显示过他的使者身份。公爵并不知道他是国王的人，也不知道他是否认识国王。弗朗索瓦一世对这位能言之士提出一连串的质疑后，一针见血地指出：为什么在夜间行刑？这不明摆着是做贼心虚吗？弗朗西斯克理屈词穷，急忙应辩道：公爵怕冒犯国王陛下，不敢在白天行此极刑。事实终归胜于雄辩。这位能言之士栽倒在弗朗索瓦一世手中，回去不知作何交待。

1　弗朗索瓦一世（1494—1547），法国瓦罗亚王朝国王。

教皇尤里乌斯二世遣一名使者去煽动英国国王反对法国国王。使者面见英王禀明来意后，英王说：攻击如此强大的国王实非易事，困难诸多，需要做大量的准备工作。同时，他还列举了一系列实质性的理由。使者跟着回答道：他本人也有同感，而且也对教皇本人说过。如此回答英王，有悖于他挑起英王即刻对法开战的使命。英王却因此找到了理由——连教皇派来的使者都向着法国，并将使者所言通报教皇。使者一言不慎，获罪于主子，连累自己财产尽数抄没，险些把小命也跟着赔了进去。

预言家诺斯特拉达姆斯

第6章

论预言

说到神谕，在耶稣基督降临之前，已经开始失去其信誉。我们看到，西塞罗费尽心机总算找到了神谕蜕变的原因。

神谕久已不在德尔斐出现，
不仅仅是我们这个时代，
而且是在遥远的过去，
人们早已对它鄙弃。——西塞罗

至于其他预言，有些是在献祭时，从解剖牲畜的肢体中得到了启示（柏拉图认为，这或多或少要归功于牲畜做出的牺牲），有些则是根据禽鸟的爪痕和飞行的方向推测某事的发生。

我们以为有些鸟类是特意为占卜效命的。——西塞罗

打雷闪电，河水泛滥：

低级祭司认知事情，
高级占卜官预言事情，
大多来自神谕，来自占卜，
来自梦幻，来自异象奇观。——西塞罗

还有一些诸如此类的占卜预测，在古人的日常生活及公私事务中都起到很大的作用，现在已经被我们的教会取缔。尽管如此，以日月星辰、神鬼精灵、占梦和看相为依据预测未来的现象，在我们中间依然普遍存在。这足以证明我们对未来事物的渴求有一种本能的冲动，似乎现在的事情都不重要，不值得人们去关注。

为什么，奥林匹斯山的主宰，
要让人们去揣测那令人担忧的未来？
纵然你要惩罚他们，只管把灾难突然降临，

约瑟为法老解梦

本画取材于《圣经》。法老连做两个怪梦，约瑟为其解梦，预言七个丰年后会有七个荒年。

《星辰》 | 塔罗牌

塔罗牌是西方的一种古老占卜工具，中世纪起流行于欧洲。塔罗牌共78张，其中大阿卡那牌22张，用以解释命运的大势，小阿卡那牌56张，可占卜详情。本图是第17号大阿卡那牌《星辰》。

何须让他们早早知道，提心吊胆地惶惶度日。——卢卡努

忧天忧地，

千愁万虑。——西塞罗

尽管如此，人们对占卜预测的兴致仍然是有增无减。弗朗索瓦·萨吕斯侯爵就是一个最好的例子。他受命于弗朗西斯一世任阿尔卑斯山驻军司令，是宫廷的宠臣。他对国王恢复他失去的爵位感恩不尽，不敢有丝毫的叛逆之心，况且他素有忠君报国思想，鄙视不忠不孝的小人之心。但是，自从他听到一则广为流传的预言后，便开始提心吊胆，坐卧不安了。这则预言显示：查理五世皇帝雄才大略，罗马帝国势力强大，所向披靡，意大利很快就会被征服，接下来便是法兰西王权的崩溃。萨吕斯侯爵被这预言惊得惶惶不安，想起法国行将灭亡，想起在宫廷里供职的朋友就要完蛋，禁不住在至亲好友面前长吁短叹，伤感不已。墙倒众人推，既然法国大厦将倾，他也只好倒戈易帜了。由此可见，星相占卜在当时的影响是何等深远。诚然，使他骚动不安、倒戈反叛还有其他因素：他坐镇数座城池，统领戍边重兵，敌将安托尼·德·莱夫率领的部队对他已经构成威胁；而国王根本也没想到他会出此一招。所幸此举损失不大，仅仅丢失了福斯诺城，而且还是经过长时间的激战才失去的。以他手中的权力，他本可以奉送更多的城池给敌人。

智慧之神用黑幕把未来包裹，

取笑人类无中生有，自寻烦恼。——贺拉斯

不论上帝给我们的是阴天还是晴天，

只有过好每一天的人才能说：“我在生活。”——贺拉斯

《平安国度》 | 美国 | 爱德华·希克斯

快乐幸福的人但愿年年如今日，岁岁似今天，

哪会去想那遥远未来，苦海无边。 ——贺拉斯

然而，有的人却颠倒过来看，他们顽固地认为：

上帝就是占卜，

占卜就是上帝；

只要有上帝就会有占卜，

只要有占卜就会有上帝。 ——西塞罗

帕库维尤斯更加幽默睿智：

善听鸟语甚于善听人言，

善解鸟意甚于善解人意，

如此之人，何其聪明。 ——西塞罗

著名的托斯卡纳占卜艺术源于一位农夫。这位农夫在挖地的时候，挖出了次神塔霍。人们闻讯纷纷赶来围观，争相目睹这位鹤发童颜、聪明睿智的次神。这位次神道出了占卜艺术的原理和方法。这些占卜之道被收集整理保存下来。它的发展与它的产生一样，荒诞无稽。就我而言，我宁愿掷骰抽签，也不愿在虚无缥缈的梦中寻找答案。所有的国家和民族都有抽签的习惯，在进退两难、举棋不定的时候，索性用抽签的方法来决定取舍。柏拉图在他幻想的理想国中，也主张用抽签的办法来解决难以取舍的重大问题。婚姻大事由抽签来指定配偶，在有资格婚配的人选中，用抽签排列的方法可以精选出最佳的配偶。由最佳配偶生出来的孩子留在理想国中教养。由其他方式随便组合成婚生出来的孩子，很可能就是劣种，不能留在理想国中，要逐出国门。被逐出国门的孩子在其成长过程中显得像个人样，是个可塑之材，然后

《吉普赛纸牌占卜》 | 亚历克西·维尼齐阿诺夫

纸牌是一种古老的占卜游戏牌，吉普赛人爱用它来算命。它于11世纪传入欧洲，起源不详。

可以接回理想国来教养。同样，原来留在理想国中的孩子，如果显得痴愚顽劣，也要被逐出国门，旨在从小开始，就要养成良好品性的习惯。

一些津津乐道于占卜算命的人，有幸猜中一回就大肆吹嘘，说他算得多么灵验，而对未算准的事情则闭口不谈，或者找个借口遮掩过去，让人相信未来之事是完全可以推测的。

瞎猫也有撞着死耗子的时候。——西塞罗

我从来就不相信没有根据的推测，不管他们讲得多么有板有眼，头头是道；善于弄虚作假、混淆是非的人，自然有一套浑水摸鱼的技巧。再说，人们也不会留意经常发生的普通事情，算对算错从来不会记挂在心里。人们真正关心的是罕见的难以想象的至关重要的大事。在萨莫色雷斯岛上的神殿里，有人指着从海难中获救生还者祭献的贡品，以及罹难者获救的图画，问号称无神论者的迪亚戈拉斯："你认为神仙不会关心凡人之事，瞧瞧这些贡品和图画，多少人得救于神的恩宠？""可不是吗？"他答道，"那些无以数计的被大海吞没的人，是否也被画上去了？"

西塞罗观察到，在所有信神的哲学家中，只有那位科洛封[1]人色诺芬尼[2]试图把各种各样的占卜连根拔除。遗憾的是，连我们的国君都热衷于此等虚无缥缈之事，那还有什么好说的。然而，天地之大，无奇不有，我自己就读过两本这样的奇书：一本为加拉布里拉亚的教士若阿香所作，书中预言了所有未来教皇的名字和性格；另外一本的作者是利奥皇帝，他把希腊未来的皇帝

1 科洛封，古代希腊的城市。

2 色诺芬尼（约公元前560—公元前478），希腊诗人、宗教思想家和埃利亚哲学学派的著名先驱者。

诺斯特拉达姆斯是16世纪法国大预言家，有警世预言诗《诸世纪》传世。有研究者宣称，他的预言准确率高达99%。

LES

PROPHETIES

DE M. MICHEL

NOSTRADAMVS.

Dont il y en a trois cens qui n'ont encores iamais esté imprimées.

Adioustées de nouueau par ledict Autheur.

A LYON,

PAR BENOIST RIGAVD.

1568.

Auec permission.

《诺斯特拉达姆斯预言》封面

和主教全都列入书中。笼罩在迷茫困惑之中的芸芸众生，无一不为自己的前途和命运担忧。他们仰望着苍天，企图从那亘古不变的日月星辰中，找到自古以来一直在威胁着人类的祸因。有时，预测未来也会给人带来意想不到的惊奇。正是这惊奇，引动一些高人异士著书立说，写下他们所想到的东西。但是，他们留下来的东西晦涩朦胧，含糊不清，荒唐怪诞，尽是些匪夷所思的占卜黑话。后人拿着这样一本书，如同拿着一本无字天书，只好凭着自己的想象瞎猜乱想，糊弄别人。

苏格拉底的思想超人，才思泉涌，那是本能冲动，意志使然，别无他途。像他那样的人，心胸开阔，性情率真，道德高尚，从不瞻前顾后，患得患失。这种品行尤其值得赞赏。只要你静下心来想一想，你会发现，这种本能冲动，这种率真激情，这种聪明才智也会时不时地在你心中涌动。这是每个人都具有的品质，只不过是被自己忽视了。我没有苏格拉底那样的大智慧，但我和他一样，常常有劝人向善的强烈愿望。人固有的天才灵感，会启示人对事物做出明智的判断。

亚历山大与波拉斯之战

第7章
论坚毅

《埃涅阿斯逃出特洛伊》 | 庞贝城出土的壁画 | 3 世纪

我们说要勇敢坚强，不是说不要避开威胁我们的危险和障碍，也不是说面对灾难无所顾忌，而是要坚定不移地去克服不可避免的困难。至于说到善于消灾避祸，保护自己，只要是正大光明的行为，无论如何都值得肯定和赞扬。

一些好战的民族常常采用撤退逃跑的战术，然而，背对敌人往往比面对敌人更加危险。土耳其人惯于使用这种战术。苏格拉底（据《柏拉图笔录》）嘲笑拉恺斯[1]把勇敢仅仅视为面对强敌进攻时坚守阵地。“那么”，苏格拉底问，“先让敌人占领阵地，然后反攻歼敌就算懦弱吗？”他同时还提到荷马称赞埃涅阿斯[2]明智的逃跑战术。于是，拉恺斯对勇敢有了新的认识，认为斯基泰骑兵的逃跑战术有可取之处。苏格拉底又举一例：斯巴达步兵在布拉战役中与波斯军队对恃。斯巴达民族堪称天下第一顽强，由于攻不破波斯人的步兵方阵，便佯装溃败逃跑，诱敌追击。波斯部队因追击而方阵自乱，由此被斯巴达人击破。

大流士率兵去征讨斯基泰人时，遣一传令兵去羞辱他们的国王，说他一遇见大流士便不战而退。国王安达蒂斯回答说，他从未怕过任何人。他们的民族想停便停，想走就走，无牵无挂。他们一无耕地，二无城池，三无住房，用不着守在哪里保卫什么东西，从来就不怕敌人有利可图。惟有等到面见祖宗先人的时候，才会拼死一战。然而，面对训练有素的炮兵部队，弃岗躲避炮击多为徒劳。猛烈的炮火刹那间轰向阵地，着实让人避之不及。一

1　拉恺斯（约公元前457—公元前418），雅典的富有贵族，保守分子。公元前427年当选为将军，在伯罗奔尼撒战争中起过重要作用。他是苏格拉底的密友。

2　埃涅阿斯，罗马神话中特洛伊和罗马的英雄，女神阿芙洛狄忒与特洛伊王安喀塞斯所生之子。恺撒家族自称为埃涅阿斯的后裔。

塞内加是古罗马斯多葛派哲学家，曾任暴君尼禄的导师及顾问。公元65年，在尼禄逼迫下，他割腕自杀，因血流不畅，又坐进热水浴桶。他自杀时，依然保持着自控和尊严。

《塞内加之死》 | 古书木刻插图

些吓破了胆的人，或者东躲西藏，或者抱头鼠窜，这样只会招致战友的鄙视和嘲笑。查理五世皇帝入侵普罗旺斯时，居阿斯特侯爵利用风车作掩护，前往阿尔城刺探军情，被正在竞技场视察的德·博纳瓦尔和塞内夏尔·德·阿热诺发现。他们命令炮兵指挥瞄准侯爵，一炮轰将过去；侯爵眼见开火，急避不及，被轰了个正着。几年前，洛朗（卡特琳·德·梅第奇王后的父亲）围困意大利维卡利亚的军事要塞蒙多尔夫。他看见炮手瞄准他正在点火，说时迟那时快，他立马蹲下，炮弹从他头顶呼啸而过。假如他不及时闪避，炮弹肯定会将他当胸击中。平心而论，此等反应非思维所致，转瞬之间如何判断炮火是朝上轰还是朝下轰？这次躲过炮击纯属侥幸，若下次依样画葫芦，未必就能逃脱。老实说，如果一声枪响在我耳边出其不意地炸响，我保不准会心惊胆颤，就是比我勇敢的人多半也会这样。

斯多葛派哲人对于心灵受到意外景象和幻觉的影响不以为然。骤然一声惊雷或者突如其来的灾祸令人猝不及防，心惊肉跳，这是本能使然，条件反射，不足为奇。至于其他方面的痛苦，只要心智健全，就会判断得当，就不会担惊受怕，惶惶不安。第一种情况人人反应都会一样，而第二种情况则有所不同。心智不全的人抵挡不住痛苦的侵袭，会由表及里地摧毁其人。这种人因恐惧而失去了判断力，只能由着痛苦任意摆布。下面一段诗文便是斯多葛派哲人心境的写照：

尽管泪水流淌，心境依旧如常。 ——维吉尔

逍遥派哲人并不一概而论地否认烦恼，但他们善于把握自己。

《恐怖之路》丨 俄罗斯丨 布隆尼科夫

第8章
论惩罚怯懦

我听一位将军大人说，德·韦尔万老爷因把布洛涅城拱手让给英王亨利八世而被判处死刑。但是，普通士兵作战不力则不会被处死。软弱造成的恶果和图谋不轨有明显的区别：前者是先天不足，后者却有悖天理良心。鉴于此，许多人对许多事都感到难究其责，唯独不能容忍违背良心所干之事。于是，一些人认为对异教徒和异端分子应严加惩办，而对律师和法官无意造成的过失则可网开一面，不究其责。

至于对怯懦者的惩罚，最常见的办法是当众羞辱。据说这个办法是法学家夏隆达[1]提议的。此前，希腊法律规定，逃兵当被处死。而夏隆达的办法则是让逃兵身着女装示众三天，希望此羞辱能够唤醒他们的勇气。

让其人流血，

不如让其人羞愧。——德尔图良[2]

古罗马也有将逃兵处死的例子。据阿米亚努·马塞利努说，尤里安[3]皇帝下令将十名在帕提亚战役中临阵逃跑的士兵革除军籍，然后处斩。有的地方做法则不一样。例如，从坎尼[4]逃跑的士兵以及随菲尔维乌斯败退回来的将士，罗马当局虽然对他们处以严厉的惩罚，但并未执行死刑。有的逃兵仅仅是罚以同囚犯关在一起。我以为，过分的羞辱不仅会使人伤心绝望，甚至会化友为敌。

曾经在德·夏蒂永元帅幕下做副官的德·弗朗热，被德·夏

1　夏隆达（1536—1617），法国诗人、法学家。

2　德尔图良，古代基督教著作家、雄辩家、思想家、宗教宣传家。

3　尤里安（332—363），罗马皇帝。

4　坎尼战役，罗马军队与迦太基军队在坎尼村附近进行的一次大会战。罗马军队大败。

巴纳元帅派往丰塔拉比[1]接替德·吕德先生，因投降西班牙人，被废黜贵族封号，并累及后代一同贬为庶民，课以赋税，取消从军资格。该判决在里昂宣判执行。此后，南索伯爵进驻吉斯，那里所有的贵族都遭到同样的惩罚。类似的例子还有不少。然而，某些非同寻常的无知或懦弱，其实是使巧弄诈，理应一并惩罚。

1 丰塔拉比，西班牙边境城市。

《全世界拥抱在一起》丨 法国丨 杜米埃

第9章
大使的职责

在旅途中，我习惯于留心旅客的谈话（我以为这是最好的学习方法之一），从他们熟悉的事情中，可以获得不少新的知识。

水手谈风向，

农夫谈耕牛，

战士谈伤口，

牧人谈羊群。

然而，多数人却恰恰相反，他们大都喜欢谈论与其职业不相关之事，认为这样会更加抬高自己，令人刮目相看。阿希达穆嘲笑佩里安德，说他放着名医不做，却去做个不入流的诗人。恺撒一谈起铺路架桥和打造兵器便头头是道，而对如何带兵打仗，如何克敌制胜，却避而不谈。他的赫赫战功充分显示出他是一位卓越的军事天才，可他却喜欢卖弄工程技术才能，想当一个与众不同的工程师。对他而言，这是不可能的。老狄奥尼修斯是一个打仗的专家，但他却认为自己是一块做诗人的材料，挖空心思去写诗，想以此显示自己非同一般的才华。然而写来写去，他终究未写出一首诗来。前不久，一位司法界人士走访朋友。朋友书房里摆满了与其业务密切相关的各类书籍，他却不闻不问，偏偏对书房楼下设置的屏障大发议论。无数官兵每天都从这里走过，从来不对路障发生兴趣。

笨牛想好鞍，

骏马想犁耙。

——贺拉斯

循此道而行之，既不能提高自己，亦不会有所作为。建筑师、画家、雕塑家以及各类工匠，应该在其位谋其政，尽量关注自己职业份内之事。

《恺撒口述他的〈战记〉》丨意大利丨帕拉基奥

盖乌斯·尤利乌斯·恺撒（公元前102—公元前44），罗马共和国末期杰出的军事统帅、政治家，同时也是一位作家，其《高卢战记》和《内战记》是拉丁文经典。

我读各类史书，多关注于作者是哪一类人物：专职文人对语言文体较为精通；医生的记录更能反映君王的身体状况，如何时偶感风寒，何时染病受伤；法学家可以帮助我了解法律法规、政治体制和法庭答辩常识；神学家对教会事务、教士职责、结婚典礼等教规更为明了；朝臣精于为官之道；军人富有作战经验和亲身的战斗经历；外交使节则长于谈判和获取信息情报，等等。

值得一提的是，有的历史事件常常被某些史学家忽略，而在郎热[1]先生的历史著作中却有较为详细的记载。例如，在一次罗马红衣主教会议上，英王查尔斯五世大放厥词，说了诸多中伤和侮辱法国的话（当时与会的法国代表有红衣主教和大使先生），其中有的言辞充满蔑视和敌意。他说，他的将士如果像法国军人那样不忠不孝，缺乏自信，他宁愿拿绳索牵着自己的脖子去向法国国王求饶乞怜（这些话不是说走了嘴讲出来的，而是反反复复讲了几遍），还说要挑战法国国王，要他脱下外套，拿着利剑去船上和他决一死战。法国大使当即便向国王发了急件，禀报此次会议情况，但信件却巧妙地省略了英王中伤和侮辱法国的言辞。读到此处，我很惊讶，一个使臣有何权力省略他必须向主子禀明的事情，尤其是如此重大的事情，出自如此重要人物之口，来自如此非同寻常的会议。我认为，使者的本分是尽忠事主，他应当把全部经过原原本本、自始自终、毫无遗漏地如实禀报主子。至于如何取舍，如何判断和决策，那是主人的权力，得由主人定夺。主人是至高无上的决策者，无须听命于下人。他可以自行决断，也可以慎重地考虑他人的建议。因为害怕激发矛盾、闹出事

1　朗热，即纪尧姆・杜贝莱（1491—1543），法国军事家、外交家、作家。

端就自作主张隐瞒某些实情不报，将会导致主人因不明真相而做出不准确的判断。就我而言，断不能容忍如此使者。

人生来就想有权有势，不愿受人支使，这种天性常常会有意无意地流露出来。因此，在上司的心目中，下属的忠心不二比机智勇敢更加难能可贵。如果是有选择的服从，上级的命令就难以完全贯彻下去。克拉苏[1]在亚洲做执政官时，派遣一名希腊工程师将他在雅典看好的两根桅杆中最大的那根运来给他，供他设计炮台器械之用。工程师根据克拉苏设计的炮台方案，经过机械技术原理测算，便将他认为更适用的另一根运了回来。克拉苏耐心地听完他的解释之后，狠狠地抽打了他一顿。无论工程师的理由多么充分，多么令人信服，铁的纪律比工程质量更为重要。

然而，命令有时规定得很具体，有时只是一个大概的指示。受命者一方面要绝对服从上司的指令，另一方面要充分领会上司的意图，行使上司赋予的处置权。此外，受命者的实际考察和分析判断，也会影响决策者，成为决策者自己的意愿。我看到当今一些身负重托的受命者，只管死搬硬套地执行国王的命令，不善于运用手中权力办好实际事务，致使国王大为不满。波斯国王对其副官和执政官员的职权控制极严，以至遇到一些小小的问题都要向上请示。一层一层地向上请示，等到指令颁发下来，小问题便成了大祸患。这种行政管理模式，多为智者所非议。克拉苏写信给擅长工程技术的内行，事先让他了解这个桅杆的设计方案，不也正是和他商议，征求更好的意见和看法吗？

1　克拉苏（约公元前115—公元前53），古罗马统帅。

扎马之战——受惊的战象导致迦太基的溃败

第10章
论恐惧

我被吓得毛发倒竖，目瞪口呆。——维吉尔

恐惧何以常常萦绕在心，是个不解之谜。这种怪异的心理活动，如医生所说，的确厉害无比，随时随地都会把人搅得方寸大乱。人们常常被恐惧弄得魂飞魄散，如我所见，一向沉着镇定的人，一旦恐惧袭来，也会惶恐不安。不说那些时常疑神疑鬼的庸人，单说胆量过人的士兵，也常常把羊群看成铁骑，把芦苇和竹子看成长矛和标枪，把友方看成敌方，把白十字看成红十字。德·波旁[1]大人围攻罗马时，一位驻守圣皮埃尔镇的旗兵，听到警报便吓得手忙脚乱，扛起旗帜一头穿过墙洞，径直奔向敌方，却以为是跑入城内工事；德·波旁以为城内守兵开始突围，令其部队严阵以待；等旗兵发现自己跑错了方向急忙掉头往回跑时，已经跑出开阔地带三百多步了。比尔伯爵和迪勒先生攻打圣彼尔镇时，朱伊尔司令仓皇应战，所部将士方向不明，东奔西跑，被敌军在掩体外围各个击破。此次战役，值得一提的是，有位先生从掩体缺口狂奔出来，没有任何损伤，竟然被活活吓死。

恐惧有时会使整群人同时癫狂。在日耳曼库斯[2]与德军的一次遭遇战中，敌对双方都惊恐异常，连逃跑都跑错了方向，一方逃至之处，正是另一方的逃离之地。有时恐惧好像给脚跟添了翅膀，如前两例所示；有时恐惧像是钢钉把双脚钉牢在地，使之欲动不能。例如泰奥菲尔[3]皇帝，在一次战役中被亚加雷纳人打败。始料未及的溃败吓得他呆若木鸡，连逃命的本能都忘得一干

1 德·波旁（1490—1527），第八位波旁公爵。

2 日耳曼库斯是古罗马将军，真名尤里乌斯·恺撒，因战胜德军获日耳曼库斯（日耳曼人）绰号。

3 泰奥菲尔，东罗马帝国皇帝。

维吉尔

维吉尔（公元前70—公元前19），古罗马最伟大的诗人，代表作有史诗《埃涅阿斯纪》和抒情诗《牧歌》等。

二净。

惊惶失措把命忘。 ——昆图斯

一位名叫马尼埃尔的主将匆匆赶来，抓住他拼命摇晃，仿佛在摇醒一个烂醉如泥的醉汉，并大声喝道："若不赶快随我离开，我就立即把您杀死；与其让您落入敌手而丧权辱国，不如让您一人丧失性命！"恐惧会使人丧失责任感和荣誉心，但因恐惧而陷入绝境的时候，它又会使人激发出前所未有的勇气。"狗急跳墙，人急拼命"即是这个道理。桑普罗尼奥斯执政时，罗马军队在一次与迦太基[1]统帅汉尼拔的对阵中首战失利，上万名步兵仓皇逃命，瞎冲乱闯，竟然闯进了敌军主力兵营。身陷绝境的逃兵别无他途，只能拼死一战。此时此刻，他们个个勇猛异常，杀敌无数，重挫迦太基人，从而反败为胜，赎回了逃跑的罪过和耻辱。

人世间最可怕的东西莫过于恐惧心理，它是一切祸害中最大的祸害。当年庞培的朋友们在他的船上亲眼目睹了一场大屠杀，那是何等的惊心动魄！然而，受害者除了逃命外，忘记了一切。当埃及帆船驶近时，他们一再催促水手拼命快划，一直划到推罗[2]，脱离了险境，方才想起自己的不幸遭遇，悲从中来，痛哭流涕。

那时恐惧使我魂飞魄散，理性全失。 ——西塞罗

那些在战斗中流血受伤的战士，第二天即可重返战场；而那些一看到敌人就腿软的人，可别对他们有什么指望。一些人从早到晚都在害怕着失去财产，害怕着挨贬被逐，害怕着沦为奴隶，

---

1 迦太基，非洲北部（今突尼斯）的一个奴隶制国家，后沦为罗马的一个行省。

2 推罗，古代腓尼基南部的奴隶制城邦，现在黎巴嫩的苏尔。

怕得吃不下饭，睡不着觉；而一些穷人、农奴和流浪汉却常常喜笑颜开。许多人由于被无休止的恐惧折磨得忍无可忍，不是悬梁自尽就是投河自杀，或者坠崖身亡。由此可见，恐惧比之死亡更加可怕，更加不幸。

希腊人认为另有一种恐惧，与我们所言的恐惧有所不同。这种恐惧无缘无故从天而降，全族军民人等无一可以幸免。迦太基人便曾遭此劫：恐怖的声音铺天盖地席卷而来，仿佛强敌突袭的警报，城中居民纷纷破门而出，逢人就打，见人便杀，个个互为仇敌，全城一片混乱。直到向天敬献祭品，祈祷上帝开恩，混乱局面才告平息。这种恐惧被称之为潘神[1]的恐惧。

1　潘神，希腊神话中外形有点像野兽的丰产神。

《克罗伊斯接见梭伦》 | 荷兰 | 洪特霍斯特

第11章
人死方知幸福与否

不到死后，

不可言说，

是否幸福。 ——奥维德

有关克罗伊斯王的故事，连孩子们都熟悉。克罗伊斯王被居鲁士活捉，眼看自己就要被处死，不禁悲从中来，失声叫道："啊，梭伦，梭伦！"居鲁士听闻此言，派人询问此话怎讲，克罗伊斯说，他死到临头，想起当初梭伦对他说的那段话，这才恍然大悟："人啊，不管命运女神多么垂顾于你，不到生命最后一刻，休要说你是幸福的。"世事多变，如风云涌动，变幻莫测，转眼之间又是另一番景象。人说波斯王很幸运，年纪轻轻就做了国王，掌管着如此强大的帝国。"可不是吗，"阿格西劳斯说，"不过，普里阿摩斯在他这个年纪未必就不幸运啊。"曾几何时，不可一世的亚历山大的继承人——马其顿的诸位王君，到头来，在罗马不是做木匠就是做抄写员。西西里的独裁者在科林斯做教书匠。统率百万雄师征服了半个世界的风云人物庞培，为了多活五六个月，居然在埃及国王的一名低级军官面前低三下四地苦苦哀求，写下了他生命中最卑贱的一页。在我们祖上的时代，米兰第十一任公爵吕多维克·斯福扎，横行意大利多年，最后被路易十一囚于铁笼之中，度过了十年悲惨的囚徒生活之后，死于洛什。女王中最美丽的玛丽女王、欧洲最强大的苏格兰国王之遗孀，不也是做了刽子手的刀下鬼吗？惨不忍睹啊！如此事例举不胜举。天神似乎也在妒忌人类，像狂风暴雨扑打高耸入云的宏伟建筑一样，肆意摧残地上的凡人：

诡秘的命运之神，

苏格兰女王玛丽

飞舞法西斯[1]和残酷的战斧，

视人命如儿戏。——卢克莱修

有时，命运女神深藏不露，专等我们生命的最后时刻，忽然间掀翻她营造已久的大厦，给我们一个意外的惊吓，她的神力逼迫我们随拉布里尤斯[2]狂呼：

我总算又多活了一天！

梭伦之言不无道理。但是，他，一个哲学家，视荣辱为无物，视权势如过眼烟云，认为人生幸福与否并不取决于此。我倒是认为，梭伦之言含意更为深远，人生真正的幸福取决于心灵深处的宁静平和，取决于始终不渝的果敢自信。人生的开端不可以轻下结论，当他走完最后的也许就是最艰难的人生路程，幸福与否才见分晓。人的一生都有可能金玉其表，败絮其中，全靠冠冕堂皇的言辞掩饰。然而，一旦面临死亡，就没有什么好伪装的了。那时，我们会毫无顾虑地倾诉衷言。

终于吐露真言，

摘下面罩，

还人本原。——卢克莱修

我们一生的所作所为不可避免地要受到这最后一刻的检验。这是至关重要的时刻，这是裁判我们整个生命的时刻。“这一天，”一位古人说，“将我过去的岁月一并评判。”我毕生的追求和探索终将在这一天得到全面的检验。大家终于明白，我的演讲并非口是心非，那全是我的肺腑之言。功过是非，自有后人评

1　法西斯，古罗马时用红带捆绑的棍棒束，上露斧头。后为意大利法西斯主义的标志。

2　拉布里尤斯（公元前106—公元前43），拉丁文滑稽剧作家。

说。庞培的岳父西比阿之死，洗刷了死者生前的恶名。有人问伊巴密浓达，在卡布里亚斯[1]、伊菲克拉特[2]和他自己这三者之中，谁是最可敬重的人？“那要等到我们死去，”他答道，“盖棺方可定论。”的确如此，要不是伊巴密浓达死得英勇壮烈，他的英名很可能就会被辱没。

上帝自有上帝的安排。在我认识的人当中，有三个这样的人，他们生前令人讨厌，声名欠佳。然而，他们死得平平常常，规规矩矩，却也无可厚非。有的人英勇死去却也不失为幸运：死神斩断了他的锦绣前程，却为他的生命增光添彩，让他死得其所，死得壮丽辉煌。在我看来，他们的英雄壮举不负他们的雄心壮志。他们无须走完更长的路程，已然实现了他们“生当做人杰”的宏愿。看一个人死，常常可以看出其生命价值。我想，我死之后，给人留下的印象是：淡泊宁静。

1 卡布里亚斯，雅典兵法家。

2 伊菲克拉特，雅典将军。

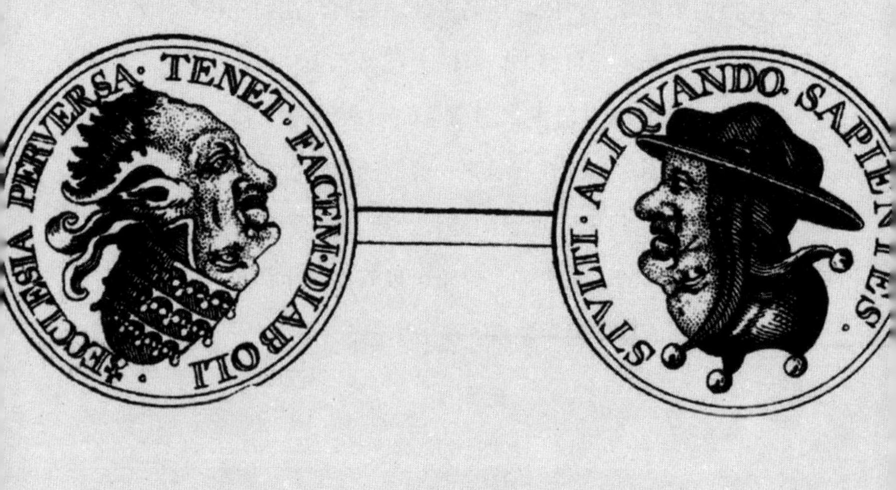
ECCLESIA · PERVERSA · TENET · FACIEM · DIABOLI
STVLTI · ALIQVANDO · SAPIENTES

讽刺教皇的钱币漫画

第12章

一人得利，他人受损

雅典人狄马德斯[1]指责一位雅典市民，说他卖丧葬用品，赚死人的钱。死的人越多，赚的钱就越多；要是无人死亡，他就无利可图了。这种说法未免过于刁钻。如果照此类推，又有哪种赢利可以不受指责呢？商人得利于年轻人挥霍浪费，农民得利于谷物涨价，建筑师得利于房屋倒塌，律师和法官得利于民事诉讼和纠纷，神职人员则得利于我们的罪过和死亡。有位古希腊喜剧作家说，做医生的看见别人不生病就不高兴，当兵的不喜欢天下太平，以此类推，再往下推究就更不好说了。要是每个人都往自己心灵深处看看，就会看到自己想要得到的，正是别人需要付出的。我想过，大自然总是按照其规律正常发展，不会在某处突然拐弯抹角，如自然科学家所分析，一事物的产生、繁荣和兴旺，象征着另一事物的衰败和消亡。

昨日不去，

今日不来。

——卢克莱修

1　狄马德斯（公元前380—公元前319），雅典演说家、政治家。

《赎罪券》丨 德国丨 卢卡斯·克拉纳赫

《博物志》插图 | 12 世纪手抄本

第13章
不可坐井观天

我们把轻信和易受人诱导归因于简单和无知，并不是没有道理。我好像听说过，相信犹如在心上刻一道印记，其心越是软弱就越少抗力，印记就越易于刻上去。

思想如同天平的法码，

朝偏重一方倾斜。——西塞罗

心灵越是空虚就越少平衡力，就越容易偏听偏信，而且只听一遍就信以为真。所以，一般孩童、凡夫俗子和妇道人家以及体弱多病者，最易轻信人言。反过来说，自以为是地不信任何人言也是愚蠢的，会流于自高自大、自作聪明的通病。过去听人说起死去的亲人回家探视，先知的预测，扑朔迷离的怪事，巫术神道之类的东西，我一概不信：

梦、魔法、奇迹、巫术、色萨利的奇事。——贺拉斯

我原先一向鄙视那些相信怪事的人，觉得他们既愚蠢又可怜。现在我才发现，我自己或多或少地和他们一样可怜。并不是经验使我改变了原来的看法（受好奇心驱使也曾涉猎过那些事），而是理性告诉我，断然指定一件事不真实或不可能，形同井底之蛙，傲慢无知，愚不可及。上帝的意志和我们大自然母亲的威力无穷无尽。我们不应该固步自封，而是应该随知识老人的引导，穿云破雾，透过黑暗，进一步认识真理。揭开事物神秘的面纱，是人之本能所至，并非仅仅为了积累知识。我们称之为怪事和奇迹的不为我们理解的事物，不是经常出现在我们眼前吗？

视力疲乏，看不见高远的殿堂。——卢克莱修

我们不曾明了的事情，即使重现在我们眼前，我们照样不会相信，甚至会更加怀疑。第一次看见河流的人，以为河就是海；我

《西塞罗》| 古罗马雕塑

西塞罗（公元前106—公元前43），古罗马著名演说家和政治家。公元前63年，他曾当选为执政官，在后三头政治联盟成立后，被三巨头之一的政敌马克·安东尼派人杀害。

们一旦认定某物最大，就难以相信世界上还有比其更大的东西。

没有见过大河的人，

以为小河是大江大流；

一棵树，一个人，无论何物，

只要以为最大，那就肯定最大。——卢克莱修

人们对常见之物习以为常，

不以为奇而漠然处之。——西塞罗

事物的外表可以一目了然，而事物的内部却蕴藏着无穷的奥秘；正是这奥秘，诱使我们不断地去探索。当我们面对着浩瀚无垠的宇宙空间，当我们面对着无限神奇的自然世界，崇敬之情油然而生，不禁慨叹自己微不足道，知之甚少。多少看来不可能的事情，都被那些勇于探索的人所证实。如果我们不能确信，至少也该留有余地；断言它们决不可能，自以为无所不知，其实是不懂装懂，妄加评论。诚然，不常见不等同于不可能；不符合习惯看法亦不等同于违反自然规律，两者之间可能相同，也可能不同。奇隆[1]“不偏不倚”之原则，在此值得借鉴。

我们从傅华萨[2]的《见闻录》中看到，驻守贝阿尔的富瓦克斯伯爵，翌日就得知卡斯蒂利国王兵败朱贝罗的消息。至于该消息如何得知，却让读者觉得有点可笑。我们的编年史也有同样的问题：菲利浦·奥古斯特死于芒特的同一天，洪诺教皇就下令全意大利为他举行国葬，似乎有点不尽情理，难以让读者相信。普鲁塔克除了引用一些古代事例外，还言之凿凿地叙述道，得密善

1　奇隆，公元前6世纪古希腊七贤之一。

2　傅华萨（1337—1400），法国诗人、宫廷史官，著有14世纪《见闻录》。

时代，安东尼兵败德国的消息，早于罗马公布之时，已经广为传播；恺撒是否会认为传闻常常走在事件前面，我们是否以为那些人简单无知，易于受骗，不如我们清醒明白？至于说到普林尼[1]，其人判断敏锐清晰，治学态度严谨踏实，而他有关博物学的论点却难以让青年学生信服。布歇的书中有一段关于圣希拉里圣骨显灵的故事，我们可以因为布歇人轻言微而嗤之以鼻，不屑一顾。但是，对这类事情一概而论地否定驳斥，我以为不免失于轻率。伟大的圣奥古斯丁说他亲眼目睹一盲童在米兰的圣热尔韦和圣普罗泰的遗骨前恢复了视觉；迦太基一位身患癌症的妇女，被一名刚受过洗礼的女子划了十字，其病得以治愈；圣奥古斯丁的亲信赫斯珀乌斯用圣墓上的一小块泥土，驱走了在他家作祟的鬼怪；这块泥土后来送进教堂，一个瘫痪病人因此而突然病愈；一位在瞻仰行列中行进的妇女，用花束触了触圣艾蒂安的遗骨盒，然后用这束鲜花擦了擦眼睛，她那失明多年的双眼顿时复明。圣奥古斯丁说，他还亲眼见过许多奇迹。奥雷利乌斯和马克西米努两位主教大人便是这些奇迹的见证人。如果我们想指责他们，指责他们什么呢？指责他们无知、简单、信口开河，还是指责他们装神弄鬼、别有用心？无论是德行还是虔诚，无论是学识还是判断能力，或者其他任何方面的品质，试问当今谁人敢说，自己比他们更加完善？

即使他们不阐明理由，
单凭他们的威望，
也能使我信服。

——西塞罗

1　普林尼（23—79），罗马作家、博物学家、百科全书编纂者。

这是普林尼献给罗马皇帝提图斯的著作《博物志》的插图，取自 14 世纪手抄本。

PLINII SECVNDI NOVOCOMENSIS HISTORIE NATVRA
LIS LIBER PRIMVS FELICITER INCIPIT.

VNDVM ET HOC QVO
CVNQVE NOMINE ALIO CELVM

《博物志》插图 | 14 世纪手抄本

藐视我们所不理解的事情，不仅荒唐鲁莽，而且会导致极大的危险和严重的后果。你会把真理和谬误圈定在你固定的思维模式之中，但是，等到你不得不相信你曾否定的甚至是更为奇特的事情时，你的思想体系就会混乱无序，你就会感到惊惶失措，无所适从。在与我们息息相关的宗教叛乱中，最令我痛心疾首的莫过于天主教徒舍弃了如此多的宗教信条。当他们屈服于敌方而放弃某些有争议的信条时，他们却自以为宽容大度，是明智的选择。殊不知那些有利于敌人的让步会使敌人得寸进尺，步步进逼。他们以为选择放弃的那些信条无关紧要，实际上至关重要，非同小可。我们要么无条件地绝对服从教会的权威，要么就完全放弃；而不能由着我们自作主张该服从哪些信条，不该服从哪些信条。我曾经对那些显得空洞和令人费解的教规很不以为然，后来与学识渊博的智者交谈，我才意识到，这些教规由来已久，根深蒂固，自有其道理所在。只有浅薄无知的人才会自作聪明，厚此薄彼。我们是否想过，我们的判断经常自相矛盾；多少昨天还是坚信不疑的东西，今天却成了无稽之谈。虚荣心和好奇心是思想的两大祸害：后者鼓励我们多管闲事，前者则禁止我们勤学好问。

《火刑处决犹太人》局部 | 15 世纪木刻画

第14章
论节制

我们的手似乎有一种魔力，善于把好事变成坏事，把德行变成恶行。行之切切难免操之过急，以致物极必反。有人戏言道：德行不过分，过分非德行。

如果行善太过分，

结果好心办坏事，

君子成小人。

——贺拉斯

此言极妙。乐善好施者做事常常有失分寸。圣贤有云：聪明过度不如无知，恰如其分方为明智。我认识一位大人物，此君意欲标榜其非同寻常的虔诚，过分清高却适得其反，损害了自己的清誉。我喜欢淡泊平和的气质。过分的热情，就算出于好心，不让人反感也会把人搞得哭笑不得，不知该说些什么才好。波萨尼亚斯[1]的母亲下令将自己的儿子乱石砸毙，并亲手扔出砸向儿子的第一块石头；独裁者波斯图谬斯，只因为儿子年轻气盛，冲锋杀敌跑得太快而稍稍偏离了团队，便将儿子处死。此等行径，与其说是秉公执法，不如说是莫名其妙；与其说是德行，不如说是野蛮；不但代价高昂，而且毫无意义。在我看来，既不值得提倡，更不值得模仿。

脱靶而过的箭无论射得多远，和射不到位的箭并无区别；抬头仰视太阳的强光和低头俯视深渊的黑暗，同样会眼花缭乱。柏拉图对话集里的加里克莱说，超脱走向极端便会祸患无穷。劝人不可沉溺其中而远离现实，应当行止有度。超脱无度会使人怪异无常，失去人性，以至蔑视宗教和法律，鄙视人际交往和人生乐趣，进而丧失正常的工作能力，既不能助人亦不能自立，最终

1　波萨尼亚斯，古代斯巴达将领。

《贺拉斯》丨 公元前 1 世纪浮雕

贺拉斯（公元前 65—公元前 8），古罗马诗人、批评家，其主要作品有《讽刺诗集》、《歌集》、《书札》、《诗艺》等。

落得穷困潦倒，被人唾弃。此言不假。极端的超脱会强奸我们纯朴的天性，玄言奥语会使我们偏离正常的生活轨道，迷失生活的方向。

疼爱妻子合理合法，但是神学对此仍然有所规范。我记得曾经读过圣·多马[1]写的一段文章。该文谴责近亲结婚，其理由是，爱情是一回事，亲情是另一回事；如果爱情加上亲情，两情融为一体，做丈夫的无疑会偏离理性，要么顾此失彼，要么顾彼失此，或者彼此皆失。神学和哲学规范男人的品行，如人所说，贯串于每个人的一举一动、所思所想。女人为了取悦心上人会将身体裸露无遗，而面对治病疗伤却羞羞答答。在此，我要忠告诸位郎君，对待妻子不可恣意妄为，纵情无度；要适时地体会妻子的情绪，适度地把握双方的感情。只要她们不对我们反感，不把我们当成外人，她们总会尽职尽责地照顾丈夫的需要。我一向主张循规蹈矩，行事稳妥。婚姻关系是严肃而虔诚的家庭关系。家庭生活的幸福有赖于明智、谨慎和庄重。鉴于婚姻的主要目的在于生儿育女，传宗接代，有人会问，妻子过了生育年龄或者已有身孕，做丈夫的是否可以将她继续揽在怀里？这样等同于杀人，柏拉图说。某些民族，如穆斯林，严禁与孕妇同房，还有一些民族，不许与经期女子有性关系。芝诺比娅[2]一怀上身孕便断绝了夫妻来往，任由其丈夫在外面拈花惹草，直到产下孩子之后，才让丈夫进她卧室。如此克己节欲，堪称坚强高尚的典范。柏拉图借用了一个故事，说朱庇特有一天看见妻子，忽然心血来潮，等

---

1 圣·多马（1227—1274），意大利神学家、哲学家。

2 芝诺比娅，亚美尼亚王之女。

宙斯是希腊神话中的众神之王，在罗马神话中叫朱庇特，赫拉本是宙斯的姐姐，宙斯推翻其父的统治之后称王，娶了赫拉并封其为天后。

《宙斯与赫拉》 | 卡拉奇

不及上床就开始在地板上做爱。强烈的快感使他忘记了与诸神在天宫御前会议上做出的重大决定，还津津有味地吹嘘做爱如何痛快，就像他情窦初开时背着父母做爱一样。显然，这个故事是那类淫荡诗人瞎编出来的。

波斯的国王们常常携带妻子出席宴会，等到酒至酣处欲纵情寻欢时，便将妻子打发回家，以免她们看到不规矩的行为，然后招来无须顾及体面的女郎作陪。论人行乐，论功行赏，具体情况具体分析。伊巴密浓达拘留了一位浪荡青年，佩洛庇达[1]将军替这位青年说情，被伊巴密浓达拒绝；而这位青年家里的一位姑娘来求情，却被应允了。他说，这样的情面只可以给朋友，却不可以给将军。索福克勒斯见一个英俊少年擦肩而过，对身旁一同为官的伯里克利说："啊，好一个英俊少年！"伯里克利答道："不错。但是，作为一名执政官员，应当有别于常人，不但要举止端庄，而且要目不斜视。"罗马皇帝埃利乌斯·维鲁斯的妻子怨他与别的女子胡乱厮混，他却一本正经地答道，婚姻是荣誉和尊严的象征，那些不登大雅之堂的事情，理应在婚姻之外。我们的经文有一段这样的记载：一位贞节女子因不满丈夫的荒淫无度而愤然出走。总而言之，有婚姻幸福就不能有荒淫无度；有荒淫无度就没有婚姻幸福。

说句实在话，人何曾不是最可悲的动物？人是天生的贱种，很少去体味那清纯完美的乐趣，倒是一门心思去搬弄词藻，把本来就很少的乐趣一点一滴地搬得一干二净。人若不是自作自受地把自己往悲惨的深渊里推，原本是不至于那么卑微的。

1　佩洛庇达，古希腊底比斯将军、政治家。

我们自作主张把自个儿的命运弄得一塌糊涂。

——普罗佩斯[1]

人是绝顶聪明的动物，不但善于弄巧成拙，而且善于文过饰非；当他把快乐弄成痛苦，把幸福化为不幸之后，照样可以若无其事，泰然处之。要是我能执牛耳于芸芸众生，我会让人顺应自然规律，置身于宽敞圣洁的自然环境好好生活，不再心生妄念，想入非非。除此之外，恐怕别无他途。尽管我们的心理医生和生理医生通力合作，尽其所能，还是未能找出什么药物和疗法医治身体和心灵的顽疾，倒是平添了许多不幸和痛苦。请看他们发明的疗法：禁食、禁睡、鞭抽棍打、隔离、流放、终生监禁，等等。如此用心良苦，指不定又弄出个加里图。加里图被流放到莱斯博斯岛一段时间后，有消息报告罗马，说他在岛上过得逍遥自在，无忧无虑。于是，他们改变了惩罚方式，反其道而行之，把他从荒岛上弄回来，让他和妻子及家人住在一起，把他关在自己屋里。如果一个人因为挨饿减了肥，长了精神，减少他的粮食定量于他不是什么惩罚；如果一个人爱吃鱼不爱吃肉，罚他吃鱼对他来说并非苦事。以此类推，某人吃药像吃糖一样，药物对他就没有疗效；只有难吞难咽，药物才会对病人产生反应。对于吃大黄如同吃萝卜的土著人，大黄毫无效力。治胃病先要洗肠灌肚折腾一番，然后服药才有疗效。相反相成是事物的普遍规律，以毒攻毒也是这个道理。

古往今来，几乎所有的宗教都喜欢屠宰生灵以慰诸神天地。

1　普罗佩斯（公元前47—公元15），古罗马诗人。

这是法国19世纪大文豪雨果的画。画上的题词是：『请看此人！这就是人！依我看，最愚蠢的动物便是人！』

《最愚蠢的动物便是人》丨法国丨雨果

远在我们祖先那个时代，阿穆拉[1]占领科林斯城，一次就屠杀了六百希腊青年，用来祭奠他父亲的亡灵，赎回其父生前的罪孽。近在我们这个时代，我们发现的新大陆，相对我们的旧大陆而言，是一块未曾开发的处女地。而就在这块处女地上，处处都是涂炭生灵的行径，所有的偶像都沐浴在腥风血雨之中，让人触目惊心的事例，举不胜举。他们把活人放在火中烧烤，烤到半生不熟半死不活的时候，从火中拖出来开膛破肚，挖出心肝肠肺；他们活剥人皮，连女人也不放过，剥下血淋淋的人皮做衣裳，做面具，做饰物。更有一些可悲的老人、妇女和儿童，他们毅然决然地甘为祭品，急不可耐地提前来到祭奠现场，伴随着旁观者的载歌载舞去迎接屠杀。

墨西哥国王的使臣对费尔南德·科尔泰[2]说，他们的主人英明伟大，实力雄厚，手下有三十位封臣，每位封臣拥兵十万；他的宫殿坐落在天下最豪华最坚固的城池里；他每年都要贡献五万人给诸神做牺牲品。可以肯定地说，他对邻国不断地征战，固然能让他的年轻战士得到训练，但他最想得到的则是用来做牺牲品的战俘。在某个小镇，只为欢迎刚才提到的那位科尔泰，他们一次就杀了五十人，作为欢迎仪式的牺牲品。有的部落被他打败之后，派人向他求和。使者呈上三件贡品，说："主人，请看，这是五名奴隶。你若是食肉喝血的凶神，那就吃了他们吧，我们还会继续送来；你若是仁慈的善神，请你收下乳香和羽毛；倘若你是人，敬请接受我们特意为你带来的禽鸟和水果。"

1　阿穆拉，古代土耳其的一位苏丹。

2　费尔南德·科尔泰，16世纪西班牙的征服者，曾参与征服古巴、墨西哥等地。

西默斯的地球仪

第15章
天机不可妄测

鲜为人知的事情最易使人上当受骗。首先，好奇心诱使常人对不常发生之事产生兴趣而易于进入受骗角色；其次，对不了解之事无从提出质疑。鉴于此，柏拉图说，谈神容易谈人难，因为听众的无知给谈神者提供了驰骋想象、自由发挥的广阔天地。往往越是子虚乌有的事情，越是让人深信不疑。因为我们知之甚少，谈者便可有恃无恐地把无稽之谈讲得煞有介事，让听者听得津津有味。如炼金术士、星相学家、算命先生和巫医人等。

诸如此类之人。——贺拉斯

我敢说，还有一些人，他们妄求窥探上帝意图之奥秘，企图识破神秘莫测之天机，一头钻进纷乱繁杂的事情里，如同钻进了死胡同，进去了就出不来。他们只能在里面团团转，转得晕头转向，全然分不清哪里是东哪里是西，哪样是白哪样是黑。

印第安有一个部落，每当他们遇到不幸或打了败仗，他们就向他们的太阳上帝祈祷，请求宽恕他们的过失。无论是福是祸，他们都会顺应天命，从不怨天尤人。这种品性倒是值得称赞。一名基督徒把自己托付于上帝，相信上帝能够主宰万物，安排一切。无论是降祸于他还是降福于他，他都会虔诚地接受，感谢上帝的恩典，同样感谢上帝对他的考验。但是，我们总想做一些急功近利的事情来证明我们的信仰是有价值的。其实，我们的信仰一向坚如磐石，无须一两件事情来证实。如果人们仅仅凭着表面上的功成名就和一时的喜好兴趣而信仰的话，一旦遇到挫折，就会犹豫动摇，丧失信心。以我们现时的宗教战争为例，因为拉罗什拉贝伊[1]战役取得胜利，他们就得意洋洋，大吹特吹其信仰的

1　拉罗什拉贝伊，法国利穆赞的一个村庄。1569年6月，新教徒在此打败天主教徒。

《痣的玄机》| 版画

本图取自英国人理查德·桑德斯关于相痣术的论文，一幅是黑痣在身体上出现的常见部位，另一幅是黑痣在脸部和脖子上出现的常见部位。他暗示这些痣可能与天体运行的轨道平行。

圣奥古斯丁（354—430），著名的基督教神学家、哲学家，有《忏悔录》、《上帝之城》等经典之作传世。

圣奥古斯丁

绝对正确；紧随其后在蒙孔都和雅尔纳克[1]连败两次，他们便支吾其词，不能自圆其说了。这就足以证明，同一件事，不可以用两种不同的理由来解释。应当让人们知道，信仰是建立在坚实的真理基础上的。前些时候，在对土耳其的海战中，我们在约翰阁下的指挥下，赢得了辉煌的胜利。但是，上帝有时会让我们看到胜利，有时会让我们看到失败。我们不能以己之见妄断天意，否则就会动摇信心，失去信仰。阿里乌异教的首脑阿里乌之死与教皇利奥之死令人不可思议，虽然他们死于不同的时间，却死于相同的事件（他们都是在激烈的辩论时因肚痛而上厕所，突然死在马桶上）。上天要惩罚谁，谁也预料不到。埃里奥加巴鲁斯[2]也是死于厕所，伊里奈乌斯的命运同样如此。上帝显灵于我们，好事里面有坏事，坏事里面有好事。世上的好运或厄运，取决于上帝的安排，凡人不可想入非非，为所欲为。有些人想凭借一己之能，潜心钻研神秘莫测的天意，免不了是枉费心机，得不偿失。只有其一就不可能得其二，这是圣奥古斯丁在激烈的辩论中力排众议的一句名言。事实终归胜于雄辩。太阳把阳光洒在我们身上，只是为了温暖我们，如果我们用贪婪的眼睛望着太阳，妄想得到更多的阳光，我们的眼睛无疑会被阳光烧毁。

上帝的意志谁人能知？

天主的意愿谁人能晓？ ——《智慧箴言》

1　1569年3月和10月，新教徒在蒙孔都和雅尔纳克被天主教徒打败。

2　埃里奥加巴鲁斯，罗马皇帝。

《伊格纳蒂乌斯父子》 | 西班牙 | 达利

第16章
苍天有眼

命运女神变化多端，行踪不定，实在是让我们感到高深莫测；而她办事天公地道又不能不叫我们叹服。瓦朗蒂努瓦公爵借着和他父亲（教皇亚历山大六世）一同去梵蒂冈与科尔内特的红衣主教阿德里安共进晚餐的机会，图谋毒死阿德里安。进餐之前，他把那瓶毒酒交给膳食总管，叮嘱他好好保管。教皇比他儿子先到一步，坐下来便叫上酒。膳食总管以为公爵大人托付给他的那瓶毒酒是一瓶上等好酒，于是赶紧斟满一杯呈给教皇。公爵随后赶来，以为交给膳食总管的那瓶毒酒尚未开启，跟着他父亲也痛饮了一杯。结果老子当场毙命，儿子却生不如死，饱受疾病的长期折磨。

有时，命运女神整起人来，恰恰就整在节骨眼上。德特雷先生是旺多姆殿下的一位军旗手，里克先生是达斯科公爵的一名副官，他们两人都想娶封恺泽尔先生的妹子为妻。里克先生捷足先登，顺利得手。新婚之夜，上床之前，新郎忽发奇想，想以自己的勇武赢得新娘的敬重，一溜烟跑到圣奥梅尔附近挑战德特雷先生。可惜里克先生力不从心，技不如人，被对手生擒就范。里克先生本想显示自己的威风，到头来却成了别人展示胜利的标记。新娘只好：

被迫离开她企盼已久的温暖胸膛，

在寒冷的冬夜里，

独守空房。——卡图鲁斯

她含羞恳请德特雷把俘虏还给她。他依了她，因为法国绅士对女士的请求总会有求必应。

难道命运女神不像个扭转乾坤的大师吗？君士坦丁，海伦

《命运女神三姊妹》 | 古希腊雕塑

娜之子，建立了君士坦丁帝国。多少年之后，海伦娜之子君士坦丁敲响了帝国的丧钟。有时，命运女神以制造我们意想不到的奇迹为乐趣。克洛维斯国王围攻昂古莱姆，老天显灵，城墙自动倒塌。布歇从某作家书中读到，罗伯特国王在围困一座城市时，悄悄地跑去奥尔良参加圣坦尼昂庆典活动。他在做弥撒祷告的时候，该城城墙突然自行崩塌。但是，在米兰的战役中，命运女神又反其道而行之。朗斯在包围埃罗纳城时，遣人沿着城墙埋下大量炸药，轰然一声巨响，但见城墙连根拔起，随即又原封不动地落回原位，毫发无损。

命运女神有时又是治病疗伤的医生。亚逊·费雷斯[1]胸口长了一个毒疮，经多方名医诊治无效，遂起心战死沙场，一了百了。战斗中他奋不顾身，一马当先直扑敌群，身负重伤。所幸伤在胸口毒疮上，恰恰把毒疮连根拔除，久治无效的疮病从此得以痊愈。命运女神是艺术之神。画家普罗托盖奈斯画完一只疲惫不堪的狗，颇为满意地欣赏自己的佳作，但是左看右看，总觉得狗嘴上的涎沫表现得不尽人意。一气之下，他信手抓起一块吸了各种颜料的海绵，朝画布狠狠地扔过去，心想索性毁掉这幅画算了。不料扔过去的海绵，不偏不倚，正好扔在狗嘴上，把画家想象不出的笔画给添了上去。命运女神还时常为我们指点迷津。英国女王伊莎贝尔率领拥戴她儿子的军队，从西兰岛启航回国讨伐她丈夫，途中迷失方向，走错了地方。正因为走错了地方，才避免了被守候之敌歼灭的危险。一位古人拿石头砸狗，却砸死了岳母娘，他念念有词道：

1　亚逊·费雷斯，古希腊塞萨利亚王。

命运的判决远在我们之上。——米南德

伊塞特收买两位士兵去谋杀滞留在西西里阿德拉纳的蒂莫莱翁[1]。两士兵混入人群，约好在蒂莫莱翁献祭时动手。正当他们示意下手时，其中一名士兵被人劈头一剑，当场毙命；杀人者转身便跑，逃之夭夭。另一士兵以为行踪暴露，连忙跑到祭台上去求饶，从实招供出他们的全部阴谋。与此同时，那杀人者被抓获押送到蒂莫莱翁及与会要员面前，其人大喊冤枉，说他杀死的那人正是杀死其父的凶手。所幸及时有人出来指证，证明其父确实是在列奥蒂尼城被该士兵所杀。他不但报了杀父之仇，而且还得到一笔可观的酬金，以奖赏他此举救了西西里父母官的性命。有道是：人算不如天算。

最后，让我们回首那父子俩的壮举，命运女神的恩赐、慷慨和慈悲不就一目了然了吗？伊格纳蒂乌斯父子被罗马三巨头剥夺公民权，决定慷慨就义，以死抗争专制暴政，使独裁者这一残暴决定无法实现。父子俩手持利剑，同时刺向对方，宁愿死在一起，也不愿就范专制暴政。一股神奇的力量引导父子双方将剑同时刺入对方，同时将剑抽出，同时在生命的最后时刻紧紧相拥，以至刽子手无法分开他们的身躯，只好砍下他们的头颅。父子二人紧紧相连融为一体，在生命的最后一刻，用自己的鲜血写下了反对暴政强权的壮丽诗篇。

1　蒂莫莱翁，古希腊科林斯的大将。

《1795 年的遮阳伞》| 英国 | 詹姆斯·吉尔瑞

第17章
论穿衣的习俗

无论我从哪方面去探讨穿衣习俗这个问题，都难以找到一个令人满意的答案，仿佛这个答案的通道早已被牢牢地封锁，让人无处寻访它的奥秘。于是，我只好自言自语，自问自答了。我们最近发现的印第安人和摩尔人，或者说人类最初的风尚，不管是寒风瑟瑟还是烈日炎炎，他们一概地赤身露体。读书人都知道，如《圣经》所说，万物生长在同一个太阳之下，理应只受一个法则支配。然而，人类自己发明创造和自己遵循的社会法规却有别于自然法则。这个问题大概没有搞错。现在，除人以外的所有生物，都能顺应自然，自如地生存下去，不像人那样要遮身盖体才能抵御恶劣天气的侵袭。相形之下，人反而不如农作物、树木和动物，以及各类有生命的物体健全了。

所有的生命都有天然的衣服：

树皮、贝壳、毛发、皮肤，

诸如此类的东西。

——卢克莱修

我们原本也是这样的。但是，就像有些人在大白天点灯一样，我们借助于外物的同时，也毁坏了自己的本能。显然，养成习惯之后，就不能不受习惯的约束。那些没有穿衣规矩的民族，和我们在同样的气候里过日子，有的地方更加寒冷，不也过得好好的？再说，我们最柔嫩的器官，如眼睛、嘴唇、鼻子、耳朵，又总是露在外面。我们乡村里的农夫，和我们的祖先那时一样，袒胸露背，不讲究穿戴。若是我们一生下来就没有衣物遮体，我们大自然的母亲无疑会赐予我们更厚的皮肤，像指甲一样，不怕风吹雨打。把我和我们乡村里的农夫在衣着上比较一下，我发现，其差别之大，让人难以置信，比看到别人一丝不挂还要惊

《无题》 | 法国 | 维克多·雨果

讶。许多人，尤其是土耳其人，以不穿衣服为荣。某人问一乞丐，为什么在寒冬腊月里只穿一件衬衫却不怕冷，反倒显得精神抖擞的，而他自己连耳朵都用皮毛捂得严严实实。乞丐回答道：“先生，为什么你的脸露在外面？我的身体就是一张脸。”意大利有一个故事，说佛罗伦萨公爵问他的小丑，他自己穿了这么多衣服都还有点怕冷，而小丑穿得那么单薄怎么熬得过去。小丑回答说：“我和您不一样，我衣服穿得越少就越不怕冷，您衣服要穿得越多才越觉得暖和。”马西尼萨国王人都老得快要死了，不管刮风下雨，不论天气多冷，依然不肯戴帽子。据说塞维吕斯皇帝也是如此。希罗多德告诉我们，他和一些人特意察看了死在战场上的埃及人和波斯人。埃及人的头颅比波斯人的头颅坚硬得多，因为波斯人从出生那天就开始戴帽子，小时候戴小孩子的睡帽，长大成人便戴头巾；埃及人不但不戴帽子，而且把头发也剃光了。阿格西劳斯国王无论是夏天还是冬天，无论是壮年还是老年，一概穿同样的衣服。恺撒，据苏埃东尼说，南征北战总是率先而行，常常是步行；不管烈日当头还是大雨滂沱，他从来不戴帽子。听说汉尼拔也是这样。

他光着脑袋，
顶着风霜雨雪，
坦然接受最严酷的考验。——西流斯·伊塔利库斯

一位威尼斯人刚从佩古国回来，他在那里生活了很长一段时间。他说，在那个王国里，男人和女人都穿衣服，但都不穿鞋子，连骑马时也光着脚。柏拉图说得很认真，头和脚与身体的其他部位一样，穿戴得太多，于健康不利。那位被波兰人选为国王的亲王，

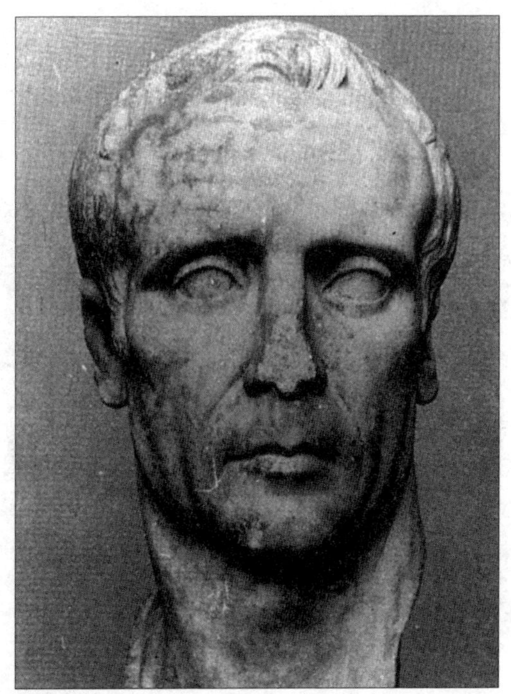

《恺撒》| 古罗马雕塑

这幅漫画讽刺的是法国大革命后帝政时期的时尚。

《一帽障目》 | 法国 | 德比科

是这个时代继我们的国王之后最不讲究穿戴的君王。他从不戴手套，不论是什么天气，不管去什么地方，他戴的帽子从不更换，在家里戴的是那顶，在外面戴的仍然是那顶。因为我懒得解扣脱衣，弄得邻近的农夫们觉得拘泥。瓦罗对脱帽的见解颇有见地。他说，面对上帝和法官脱帽，不仅仅是出于尊重和敬畏，借此机会让我们的脑袋更多地适应自然气候，锻炼身体。时下天气寒冷，法国人喜欢穿各种各样颜色的衣服（我穿衣服跟父亲一样，只穿白色和黑色，很少穿其他颜色），让我们就此话题再讲另外一个故事。军需官马丁·杜贝莱说，他们出征卢森堡的时候，天气异常寒冷，随军携带的葡萄酒被冻成坚硬的冰块，要用斧头才能劈开，按重量分发给士兵。士兵们纷纷拎着篮子来领酒。

出桶的酒依然是桶的形状，

不能放进杯里，

只能捧在手中。 ——奥维德

墨奥提湖入海口冰天雪地，米特拉达的副将在这里打败了他们的敌人。夏天到来的时候，他们又赢得了海战的胜利。罗马人与迦太基人在普莱桑斯附近会战，这对罗马人大为不利，因为他们被冻得手僵脚麻。而汉尼拔却在军中烧起大火，把他的士兵烤得暖暖和和的，并且把油脂分发下去，让士兵涂在身上。这些油脂一则可柔韧肌肤，便于行动；二则可封闭毛孔，抵挡风寒。

希腊人在从巴比伦撤回国内的路途中，以克服了罕见的困难和灾害而闻名。他们在亚美尼亚山区遭遇到令人毛骨悚然的暴风雪袭击，完全迷失了方向。他们一天一夜没有吃喝，他们的牲畜几乎全部毙命，许多人都被饿死，不少人被冰雹和雪光剥夺了视汉尼拔是迦太基著名的军事家，曾多次与罗马共和国交战。他还是杰出的演说家，在远征意大利时发表的战前演说《要么胜利要么死亡》，至今仍被奉为经典之作。

钱币上的汉尼拔像

力，被严寒冻残了肢体。幸存者虽然保住了性命，却也如同一具僵尸。

亚历山大到过一个国家，看见那里的人用泥土把果树包起来过冬，以防严寒的侵袭。这种做法我们也见过。

但是，墨西哥国王的穿衣习惯也很离谱。他每天要换四次衣服，而且穿过的衣服不穿第二次；餐桌上的杯盘碗盏和厨具，他也总是用新的。穿过的衣服和用过的餐具拿去送人或者赏给仆人。

《荷马》 | 意大利 | 莫拉

第18章

悲喜交集

据史书记载，安提柯的儿子献上皮洛斯国王的项上人头时，安提柯却悲伤不已，痛哭流涕，尽管皮洛斯国王是他的劲敌；洛伦公爵勒内打败勃艮第公爵查理之后，对查理之死表现了同样的悲伤，并在查理的葬礼上为他服丧吊唁；奥雷一役，蒙福尔伯爵一举歼灭与他争夺布列尼塔领地的查理·德布鲁斯，而战胜者面对着敌人的尸体却黯然伤感。此情此景，不免让我们惊异愕然。

心灵的面纱下流淌着不同的情感，

微笑里面有忧伤，

哀愁之中有喜乐。——彼得拉克

当庞培的首级呈献在恺撒面前时，史学家告诉我们，他神色黯然，转过身去，不忍目睹这颗令人惆怅的头颅。他们曾经披肝沥胆，共谋国事。多少个日日夜夜，他们并肩作战，互为呼应，密切配合，生死相依，荣辱与共。此时此刻，面对着这位昔日的密友，今日的仇敌，他能不百感交集吗？我们完全没有理由怀疑他是猫哭耗子假慈悲。

眼见得岳丈之位非他莫属，

心里高兴，

表面却流泪叹息。——卢卡努

因为我们常常装模作样，所以真相往往看成假相。

继承人的泪水隐藏着由衷的喜悦。——普布利流斯·西鲁斯

然而，人毕竟是血肉之躯，思想感情多种多样，不可能千篇一律，有的事情难辨真伪，有的事情也可将心比心。尽管人的思想感情千变万化，但是万变不离其宗，好像星罗棋布的支流，无论从哪里流出，无论流向何方，总有其源头，也有其主流，而且

《庞培》 | 古罗马雕塑

庞培曾与克拉苏和恺撒结为『前三头同盟』，左右罗马政局。公元前50年，他与元老院联合反对恺撒，遭到恺撒追剿，兵败后退往埃及，死于埃及人之手。

终会流归一处。找到了源头，看清了主流，那些细枝末节便遮掩不住主流大势了。有时支流也会引动主流，影响或改变主流的方向。人的情绪更是错综复杂，变化多端，不可一概而论。天真无邪的小孩子常常会在一件事情上又哭又笑。即将远行的成年人，无论他去的地方他是多么的想往，在他离开家园告别朋友的那一刻，他的心情定然不会十分轻松；当他启程上路的时候，纵然他强忍住泪水不往外流，内心深处的别离之情也会化为浓雾般的愁云，笼罩在他的脸上。被视若掌上明珠的大家闺秀，无论父母对她多么宠着爱着疼着，她免不了也要离开父母，外嫁他人，做别人的妻子；是忧是喜，是苦是乐？

啊，爱神维纳斯，
你何以如此残忍，
把新娘送入洞房，
害得她眼泪汪汪？
不，诸神可以证明，
那流淌的泪水并不全是忧伤。 ——卡图鲁斯

往往，你指望某人早点死去，而当他果真死去的时候，你心里不免会涌出悲伤之情。兔死狐悲，并不奇怪。仆人惹恼我时，我恨不得骂死他。等到火气消停之后，若他有求于我，我仍旧会真心实意地帮助他。憎恨之情，来也匆匆，去也匆匆。我骂他是笨牛蠢猪，并非想把这顶帽子永远罩在他的头上；我说他老实忠厚，也并非言不由衷。人的品性既不是单一的，也不是完全的。人常常会自我责备，骂自己愚蠢糊涂，并不等于自己真把自己当成傻瓜笨蛋。谁要是见我有时冷淡妻子，有时亲热妻子，以为我

所表现出来的不是矫情即是假意，那他就是一头十足的蠢驴。尼禄遣人淹死他自己的母亲，诀别之际，他的内心深为苍凉凄惶所震撼。据说，阳光普照大地，光线是断断续续的，只因光线接踵而至，太快太急，我们迟钝的反应感觉不到它的间隔性。

太阳那无穷无尽的光源，
像空气，像流水，
不断地洒向天地人间，
让人感到常新不变。 ——卢克莱修

人的心情亦如此，像风像雨，像云像雾，像空气像太阳；有时让你可闻可见，有时让你捉摸不定。

阿尔塔巴努经过他侄儿薛西斯身旁，看见侄儿脸上的表情时喜时忧，感到很诧异，问他何以如此。薛西斯正沉思于从他身边浩浩荡荡开过去的大军，跨过赫莱斯蓬去远征希腊。看到这么庞大的队伍听命于他的指挥，想到这百万之众为他效力卖命，不禁豪情万丈，喜形于色；而他转念一想，这许许多多的生命，要不了一个世纪，就会全部消失，一个不剩，想到此处，悲上心来，眉头紧锁，流下了眼泪。

我们执意要去报仇雪恨，洗刷屈辱，道理非常简单，目的只有一个，就是要置敌于死地而后快。我们胜利了，但是，我们却流下了眼泪。不是胜利使我们流泪，而是这胜利使我们同时想到了许许多多的东西。这许许多多的东西从另一个侧面折射到我们心里，勾引出无限的忧思，触动了我们的心灵。

亲人、熟人和朋友，他们的状况一直在左右我们的思想。但是，世态炎凉，人情冷暖，转眼就不一样。

据莎士比亚戏剧，恺撒看到谋杀者中有布鲁图斯，他说：『还有你，我的儿子！』杀死恺撒后，布鲁图斯说：『我爱恺撒，但我更爱罗马。』布鲁图斯在谋杀成功后，也该是悲喜交集吧。

《恺撒遇刺》| 菲格尔

万事万物，

没有任何东西比思绪变化更快，

没有任何东西比思绪变幻无常。——卢克莱修

如果我们以为人的思想感情固定不变，始终如一，那是在自己欺骗自己。蒂莫莱昂早有弑兄之意，而他一旦遂其心愿，却又悲伤不已。杀死其兄是为了把国家从暴君之手拯救出来，让民主自由得以恢复，无悲可伤；他之所以悲伤，那是出于手足之情，是丧亲之痛。悲喜交集，人之常情。

宗教裁判所的酷刑

第19章
论良知的自由

我们常常看到，一个良好的意愿，若是失去了理智的调控，往往会导致十分邪恶的后果。当今的法国内战，正是由宗教争端引发的。如若谨守原来的宗教观点和国家体制，也不会有那么多的麻烦了。然而，在一些热心人当中（我说的不是那些装腔作势的人，也不是那些公报私仇或发国难财的人，更不是那些钻营向上爬的人；我说的是那些一腔热血维护自己的宗教信仰和国家安定的人），也不乏眼光短浅的人，也不免会被卷进偏激的漩涡，为无知和不义甚至强暴所左右。

我们的宗教一旦在法律上确立了其权威之后，我们的狂热教徒便迫不及待地抵制所有的异教书籍，给文化界造成了空前的损失。这种疯狂行为对文化的摧残，比野蛮人焚烧书籍有过之而无不及。科内利乌斯·塔西陀便是最好的证人；塔西陀皇帝是他的亲戚。尽管皇帝明令可以出售各类图书，但是，只要在一本书中找出五六个被认为是与我们的宗教相抵触的句子，该书便被列为禁书。没有一本书能够逃脱被禁的命运，因为捕风捉影的检查者大有人在。

我们对书籍如此，对皇帝也是如此。做皇帝的，不管这个皇帝做得如何，只要是对我们的宗教表示支持，我们便会肉麻地吹捧这个皇帝。如果皇帝对异教有一丝一毫宽容的痕迹，就会遭到众人唾骂。尤里安就是这样一个皇帝，被戴上了叛教者的帽子。平心而论，他是一个罕见的伟人，是一个实事求是的哲人。他公开宣称，他治理国家，以哲学原理为准则，不为思想偏见所左右。的确，他可以说是美德的化身，他的行为无一不闪现出美德的光辉。他的一生纯洁正直，绝不逊色于亚历山大和西庇阿。

尤里安 | 古罗马雕塑

尤里安皇帝拒绝基督教成为罗马国教，因此被历史学家称为『叛教者』。

试举一例为证：在他的战俘中，有众多颇有姿色的女子，他连正眼都未曾看过一眼。要知道，当时正是他的花季年龄；他被帕提亚人杀死的时候，年仅三十一岁。他司法公正，一丝不苟，虽然不免也会问及涉案人的身份和宗教信仰，但他绝不持任何宗教偏见。他制订了几项利民法规，把前任皇帝向人民征收的赋税减少了半数以上。

我们有两位虔诚的史学家，是尤里安行为的见证人。一位是马切利努斯。他在史书中多次抨击尤里安颁布的一项法令。该法令为保障学校的正常学习秩序，禁止基督教修辞学家和语法学家在学校执教。他还说，尤里安认为此事没有争论的必要，不值一提。是的，他不会事事迁就我们，有时甚至会违逆我们，于我们不利。但是，他不会忽略有损于我们的事情，因为他毕竟是一个富有同情心的人。他的确对我们很严厉，然而，他绝对不是一个残忍的敌人。我们的人曾经亲口讲过这样一个故事。有一天，卡尔西登市的主教马里斯散步时，大骂尤里安是基督教的敌人，是不虔诚的罪人。尤里安只是平和地回答说：“去吧，可怜的人，你那双目失明的眼睛确实让人痛心。”主教却充满敌意地回答道：“感谢耶稣基督带走了我的视力，免得我看见你那张不虔诚的嘴脸。”讲到这里，他们无不动情地说，从尤里安当时的表现，的确让人看到了一个哲学家的沉静。尤里安的行为表明，他并不是传言所说的那种残忍无情的人。另一位见证人欧特罗庇厄斯说：“他是基督教的敌人，但他的手从不沾血腥。”要说尤里安有什么可指责的，那就是他在即位之初，对前任皇帝君士坦提乌斯的追随者过于严厉了一些。他生活简朴，过着士兵一样的生活。他总是节衣缩食，粗茶淡饭，随时都在准备适应战争的艰难环境。他熬夜的功夫非同一般。他把一夜分成三四段，用于睡觉的那段时间最少，其余各段用于巡视部队和警卫人员，用于读书学习。在他非凡的品质中，博学多才更显得他优秀杰出。据说亚历山大大帝躺在床上的时候，怕瞌睡不知不觉地悄悄袭来，中断自己的学习和思考，便在床前置一铜盆，手握一铜球。要是瞌睡袭来，手中的铜球便会滑落于铜盆上，即刻就会把他惊醒。但是，尤里安则不必如此。他有非凡的自控能力，只要他想做的事，他都会全神贯注地去实施，很少受到其他干扰。况且，他饮食节制，又不饮酒。他的军事才能，无论从哪方面讲，都不愧为一个伟大的统帅。他生命的大部分时光都是在战场上度过的，在法兰西，在德意志，在法兰克。我们难以想象，有谁像他经历过那么多危险，有谁像他那样无私无畏，大智大勇。

他的死有点类似于伊巴密浓达。他身上中了一箭，他想把箭拔出来，手却被箭刃划伤，无力拔出。战斗正在激烈进行，他不顾一切地叫人抬着他冲入战场，激励士气。战斗一直进行到天黑，双方各自收兵回营。他的哲学思想使他置生死于度外，使他超越于任何俗事之上。他坚信，精神不死。

在宗教方面，他自始至终都受到冤屈。我们给他扣上叛教者的帽子，那是因为我们认为他放弃了我们的宗教。其实，他从来就没有信奉过基督教，只是为了迁就我们才没有言明，直到他当了罗马皇帝。他对自己的信仰却很痴迷，痴迷得连他自己的同道都嘲笑他，笑他也许有一天，当他彻底征服帕提亚人的时候，他会把全世界的牛都杀光，用来祭祀他的信仰。此外，他对占卜术也有很浓厚的兴趣，并且特许各种各样的占卜师自行其是。在他临终之时，他说，他感恩于神灵，感谢他们没有对他突然袭击，而是预先让他知道他死去的时间和地点，又不至于像那些病得要死不活的人，经过漫长的痛苦的折磨，耗得灯干油尽才慢慢地死去，死得像个卑贱的小人，没有男子汉的骨气。他感谢神灵让他死在胜利的途中，死在他人生的极盛时期，死得辉煌壮丽。他有过马库斯·布鲁图一样的幻觉，这幻觉先后在高卢和波斯出现过。有人说，在他伤势恶化的时候，他喃喃自语道“你赢了，拿撒勒人”；另外有人说是“你满意了，拿撒勒人”；这样的话不可能被忽略，我的史学家证人当时就在军中。尤里安临死之前的一举一动，一言一语，都会被记录下来，怎能不记下这样的言辞？有关他的许多传闻都是道听途说，难以置信。

回到宗教这个话题，马切利努斯说，尤里安早就存心扶持异教，只是因为他军中的士兵都是基督教徒，他才不敢轻举妄动。后来，他权势日隆，不再有所顾忌，便大张旗鼓地建筑异教庙宇，极尽所能地鼓励偶像崇拜。他在君士坦丁堡见民众闹分裂，基督教的主教们闹意见，闹得互不相让，彼此不和，就把他们召集起来，诚恳地劝导他们平息纷争，不要干涉别人的信仰，人人都可自由选择自己的信仰，无忧无虑地信奉自己的宗教。他这样做的目的，无非就是为了增加派别，扩大分裂，使人民不能重新团结一致，以免大家同心协力来对付他一人。他还举出一些基督教徒的残忍暴行，说这个世界上没有比人更可怕的动物，他的言下之意也就可想而知了。

这一点尤其值得注意：尤里安皇帝让人们接受宗教自由的观

点，让人们各行其是而不团结，这正是我们的国王不能容忍的。有些人说，让人们任意保留各自的观点，等于是在播撒不和的种子，扩大人民的分裂，从而失去了约束和规范人民的法律依据；另外有人说，让人们保留各自的观点，可以因宽容忍让而缓解人与人之间的矛盾，去其唯我独尊、不容异己的锋芒，因为如果只有一家之言，一旦有新的观点出现，要接受它是很困难的。我以为，最好还是尊重我们国王的意愿，因为一国之君，无论如何总要全盘考虑整个国家和全体人民，即便他做不到他想要做的，他也会做出样子来让人瞧瞧。

《死神接近城区了》| 雷特尔

第20章
研究哲学即是探索死亡

西塞罗说："研究哲学不是为了别的，正是为了从容对待自己的死亡。"我们在学习和思考的时候，处于一种忘我的状态。也就是说，在这个时候，我们的灵魂从肉体中分离了出来，忘记了自己的存在，从某种意义上说，跟死亡十分相似。人类全部的知识和推理都可以归结为一点，那就是使我们领悟到，死亡并不可怕。说实话，理性要不是嘲弄我们的话，它就会向我们明示，我们的所作所为不是为了别的，仅仅是为了满足自己。简言之，为了使自己活得好一些，如《圣经》所说，轻轻松松过日子。尽管人们对生活有各种不同的见解，采取各种不同的方法和手段以达到自己的目的，然而，归根结底，人们的所思所想，所作所为，目的无非就是一个，为了快乐。如果说人活着是为了痛苦和悲伤，谁会接受这种论调？各种哲学派别对人生观都有各自的看法，那也只是一种看法而已。

不要把时间浪费在不着边际的琐事上面。——塞内加

刁钻古怪、故弄玄虚，非正经的哲学家所为。无论一个人扮演什么角色，他始终都会把自己和快乐联系在一起。

不管哲学家们怎么说，我们全都在向着快乐这个目标走去。即便是勇敢，也从未与快乐相对立。"快乐"一词在某些人听来有些不顺耳，似乎觉得它不如勇敢有价值。其实，勇敢的价值就在于快乐，勇敢带给人的快乐高于其他一切快乐。这快乐更加坚实有力，更加严肃认真，更加令人欣慰，更加令人满怀豪情。我们应当把勇敢从原先的命名改称为快乐，因为这样听起来更亲切、更温馨、更自然、更贴切。其他次于勇敢的快乐，不能因为它享有快乐这个美丽的名称，就有了特权，就可以和别的快乐一

《塞内加之死》 | 意大利 | 乔尔达诺

较高低了。我发现，其他快乐不如勇敢来得稳固健全，那些快乐转瞬即逝，游移不定，虚无缥缈，而且还要劳累奔波，流血流汗才能获得。更有甚者，一些貌似动人心弦实则伤透人心的快乐，把人颠来倒去，欲求不得，欲罢不能，与其说是追求快乐，不如说是自我折磨。我们不要错误地以为，没有勇敢做基础的快乐，会抵消生活中涌现的麻烦和不便；或者以为，这些麻烦和不便反而会激起我们追求快乐的欲望，反衬出我们的快乐（一如相反相成的自然规律）；我们更不要错误地以为，困难会压倒勇敢而变得更加严峻，使我们无法接近快乐。相反，只有建立在勇敢基础上的快乐才是真正的快乐，这种快乐更完善、更健全、更高贵、更神圣。有的人追寻快乐，得到的烦恼比快乐还要多，因为他不知道什么是真正的快乐，即使快乐降福于他，他也会与这快乐擦肩而过。另有一些人，老是爱唠唠叨叨，说什么快乐高不可攀，困难重重，得不偿失，尽管人人都想得到快乐。如此道来，岂不是在告诉我们，人生从来就是不快乐的，或者说人类无论如何也得不到快乐？以他们之见，快乐可望而不可及，充其量也只能是望梅止渴，画饼充饥。然而，他们是糊涂又糊涂。我们清楚地看到，快乐无处不在，无时不有，追求本身就是快乐。健全的生活寓于健全的思想，真正的快乐只有品质优良的人才能获得。勇敢本身就闪耀着幸福快乐的光辉，照耀着前进的道路和身边的一切，贯穿着生命的始终。

然而，所有随勇敢而来的快乐，基于一个最重要的因素，那就是藐视死亡。死亡的阴影一旦从心中去除，那是多么的平静而轻松，多么的恬适而快乐。如果死亡的阴影萦绕在心，一切快乐都会黯然失色。所以，我们完全有理由认为，快乐与否，在于我们是否能够不把死亡放在心上。尽管许多人不怕苦，不怕穷，不怕其他人生的灾祸，但是，这与不怕死不一样，因为穷苦之类的痛苦并不见得就会发生在每一个人身上，也不见得就要非发生不可。有的人终其一生也不知道何为贫穷，有的人很少有病有痛，有的人甚至无病无痛。音乐大师色诺菲吕斯活了一百零六岁，身体健康得很，一直到死几乎都没什么毛病。另外，人生所有的一切痛苦，如果实在抵挡不住，可以用死亡来结束和消除。但是，死亡是不可避免的。

我们所有的人都不可避免地朝着那里走去，
所有的人，或迟或早，
走进骨灰盒里，
向永恒的大海行驶。——贺拉斯

死亡无处不在，无时不有，它不以这种形式出现就会以那种形式出现。因此，如果我们惧怕死亡，那将是一种无休止的精神折磨，我们的生活就得不到片刻的安宁。

如悬在丹达罗斯头上的巨石，
时时刻刻威胁着我们。——西塞罗

我们的法庭在处决死囚之前，让罪犯观赏人间的美景，为他准备最丰盛的美餐。

吃不下西西里可口的美食，
听不进悠扬的琴声和美妙的鸟语。——贺拉斯

人生旅途的最后一站在向他频频招手，他哪里还有心情观赏美景，哪里还有胃口品尝美餐？

《死神的葡萄》 | 西班牙 | 萨尔瓦多·达利

超现实主义画家达利自己编有一本《蒙田随笔》，本画是他专门为本篇随笔作的插图，原画无题。

他估摸着路程，计算着时间，

测量着生命的长度，

一路上思量着即刻到来的最后一击，

胆战心惊。——克劳笛乌斯

死亡是我们的最终归宿，是人生的必由之路，如果我们害怕死亡，我们在人生的道路上每走一步都不免会战战兢兢，心有余悸。为了免除这种恐惧心理，最常见的办法就是不去想它。但是，这不纯属掩耳盗铃，自欺欺人吗？如同把辔头套在驴屁股上。

他力图背对目标前行。——卢克莱修

所以，人们常常掉进陷阱，也就不足为奇了。人们一提起死亡便失魂落魄，惴惴不安，仿佛听到魔鬼的名字。因为涉及到死亡才会立遗嘱，那一天还未到来之前，很少有人去做这样的事情。然而，当医生把死刑判决书递到他手上的时候，天知道，他那惶恐不安的心里会想出什么样的遗嘱来。

罗马人感到死亡这个词太刺耳，太晦气，在不得不提起它的时候，便用一种委婉的说法把它取而代之。要是提起某个死去的人，不说“他死了”，而是说“这个曾经活着的人”，或者说“这个停止生命的人”。从心理上说，提及生命，哪怕是逝去的生命，听起来也会舒服得多。我们现在说的“已故某某人”，就是从他们那里学来的。大概有点像说到时间这个概念时，往往用金钱来做比喻，如一寸光阴一寸金之类的，以金钱作为衡量时间的尺度。我生于1533年2月最后一天的上午11点至12点之间，按照我们现行的日历测算，是这年一月的第一天。现在，我已经活

《哀悼基督》 | 意大利 | 米开朗基罗

了三十九年又十五天；我随便估算了一下，再活这么久大概是没有什么问题。在这个时候去烦心那遥远的事情简直是太愚蠢了。真是愚蠢吗？死神是不问年轻还是年老的，正如时时都有人出生，时时都有人死亡一样。任何一个衰老的人，只要他想起玛士撒拉[1]，他就会觉得自己至少还可多活二十年。多么美妙的设想！谁能够保证你活到什么时候！你也许会把医生的哄慰信以为真，但你不能不实事求是地看现实。从一般规律看，你活得已经够长了，远远超过了普通人的寿命。你不妨回想一下，你会想起你的许多熟人，他们还未活到你这个年龄便已死去。还有一些声名显赫的人，我敢打赌，你只要稍加留意，便可发现，他们大多死于三十五岁之前。伟大的耶稣基督，死于三十三岁，亚历山大大帝也是在这个年龄死去的。我们岂能预料，人在何时死去，死于何种方式？

危险随时都会降临，

这是常人难以预料的。——贺拉斯

常见的发高烧和胸膜炎这些致死因素姑且不去说它，就说布列塔尼的那位公爵，谁又想得到，在迎接教皇克雷芒五世进入里昂的时候，他会被拥挤的人群活活踩死？我们的一位国王，不是在赛场而非战场丢了性命吗？这位国王的一位先辈，不是被公猪而非敌人撞死的吗？埃斯库罗斯[2]眼见住房就要倒塌，急忙从房里跑出来，恰在此时，一只老鹰不慎失落爪中的乌龟，这只乌龟正好砸在他的头上，将他砸死。另有一人吃葡萄，被葡萄噎住，

1　玛士撒拉，《圣经》中的族长，享年九百六十五岁。

2　埃斯库罗斯（公元前525—公元前456），古希腊悲剧作家。

埃斯库罗斯

埃斯库罗斯是古希腊悲剧诗人，有『悲剧之父』的美誉。其代表作有《被缚的普罗米修斯》、《阿伽门农》等。

窒息而死。一位皇帝在梳头的时候，被梳子划破头皮，感染身亡。埃米利乌斯·李必达被自家的门槛绊了一跤，就再也爬不起来。奥菲迪尤斯被会议室的大门撞死。就是死于女人大腿上的人也不乏其人，如科内利尤斯·加吕教士、罗马的夜巡队长蒂日利努斯、吉·德·贡萨格之子多维克、曼格候爵，甚至还有柏拉图的弟子斯珀西普斯和我们的一位教皇。可怜的伯比尤斯法官，在判决一个为期八天的官司时，还未等到他去判决别人，自己却被死神判了死刑。恺尤斯·朱利乌斯医生给人治眼病的时候，自己却在死神面前闭上了眼睛。我的一位堂兄曾任圣马丁步兵司令，年方二十三岁，朝气蓬勃，在打网球的时候，右耳上方被球击打了一下。这本是常事，他毫不在意，也未休息。然而，过了五六个小时后，他却因此一击中风而死。

类似的事情在我们的日常生活中频频发生，屡见不鲜。因此，要我们回避死亡不去想它，不但不可能，而且还会由此联想到自己。你会说，无论如何，只要能够避免死亡的威胁，采用什么办法都不会在乎。我也是这样想的，只要躲得过死神，哪怕是钻进牛肚子里面，我也会毫不犹豫。我的生活只求平安轻松，不需要太多的荣耀和羡慕。

难得糊涂，

难得糊涂，

糊涂无为，

胜过聪明好动。——贺拉斯

但是，要想事事回避，那是不可能的。人们来来往往，忙忙碌碌，生机勃勃，看不到丝毫死亡的迹象。生活是美好的。忽一日，死神出其不意地闯进了他们的生活，带走了他们的妻子、儿女和朋友。猝不及防的打击使他们疯狂绝望，悲痛万分！有什么比死亡更摧残人，更折磨人，更令人狼狈不堪？所以，一个人应当对死亡早有准备。如若对死亡满不在乎（我想这绝对不可能），我们将会付出昂贵的代价。如果躲得开死亡这个敌人，我宁愿借助胆小怕死这个武器。然而，死神眼里无胆大胆小之分，他是蒙着眼睛抓人的：

他追捕逃跑的懦夫，

对谨小慎微的青年也不放过。——贺拉斯

即使我们有刀枪不入的护身罩，我们的生命安全也得不到保障：

他以为躲在铜墙铁壁里就平安无事，

岂料死神却从他的盔甲中伸出了脑袋。——普罗佩斯

让我们勇敢地面对死亡，战胜死亡。只要我们能够打破常规，便可出奇制胜，解除死亡对我们的威胁。我们不要怕想起它，而要常常想到它，把它想透去。只要我们把它看得清清楚楚，明明白白，它那神秘的外表便失去了恐吓我们的作用。我们要尽其所能地想象死亡会以什么面目出现：从马背上摔下来，从房顶上掉下来，甚至不慎被针扎了一下。我们要时时提醒自己："死神会在这时出现吗？"于是，我们便会鼓足勇气，尽最大的努力来强化自己。我们饮宴作乐的时候，要量力而为，不要得意忘形，不可过度劳损自己，否则就会失去抵挡死神偷袭的能力。我们要切记，人在最快乐的时候，往往是最危险的时候，死神在这个时候带走了多少生命！埃及人饮宴作乐有个习惯，当酒至酣处，兴致方浓时，把一

《静物》 | 皮特·克拉茨

骷髅置于美味佳肴之间，让食客保持清醒。

珍惜每个今天，

欣然迎接明天。——贺拉斯

死神随时随地都有可能与我们不期而遇。看透了死亡就获得了彻底的自由，心灵就不会再受束缚。一个人若能真正领会到失去生命未必就是坏事，对他来说，生活中不再存在任何坏事。马其顿国王做了保尔·埃米尔的俘虏，这位不幸的国王托人向埃米尔求情，请他不要把自己当作战利品带回去，得到的答复是："何去何从，在于自己选择。"

世间万事万物，若不是命运促成，单凭着个人微不足道的能力，又算得上什么？我不喜欢忧郁，但我喜欢沉思。我所思所想的事情中，死亡是我想得最多的，即使是在我最年轻，精力最充沛的时候。

在我充满生机的青春时期。——卡图鲁斯

当我和心上人沉醉于温柔乡时，我也不会不顾死活地纵情无度。我倒是想起前些时候，某人寻欢作乐，放任自流，忘乎所以，结果兴奋过度而死。我不能不警醒自己，不可步此人后尘而去。

时光一去不回头。——卢克莱修

但是，我不怕想象死亡。想到死亡对我来说，和想到其他事情一样。这看起来似乎不大可能。是的，最初想到死亡，不免会心有余悸。我们害怕是因为不了解而害怕，当我们从各个角度把死亡反复观察，反复研究，全面了解之后，它就没有什么可怕的了。不然，我们就要为它担惊受怕一辈子，这种担惊受怕比任何事情都更加磨人，更加持久，让人永远也抬不起头来。面对死亡，我心平如镜，我不会让它妨碍我的健康，不会让它干扰我的生活。我很少生病，即使有病有痛，我依然对生活满怀希望。我的生命一分一秒地离我而去，我常常这样想，明天发生的事情，今天也有可能发生，大可不必为将来忧虑。并不是所有的危险都会置人于死地，但是，即使我们想得到的危险会排除在外，仍然有成千上万想不到的意外存在。我们不难看到，无论是健康还是疾病，无论在海上还是在家里，无论是战争还是和平，死神不会只在这里，不在那里。

没有谁比别人更脆弱，

没有谁比别人对明天更有把握。——塞内加

再长的时间也显得短暂。在死亡来到之前，我必须抓紧一点一滴的时间，把我想要做的事情做完。

有一天，一位朋友翻阅我的记事本，发现本子里面记着一些我死后要做的事情。我告诉他说，这是当真的。虽然我记下这些事情时，离家不远，而且身体状况和精神状态也不错。那些事情在脑海里涌现时，我马上就把它记下来了，因为意想不到的事情随时都有可能发生，我不敢保证自己这一次就肯定能够平安无事地回到家里。天有不测风云，人有旦夕祸福。现在要做的事情现在就做，当死神降临的时候，我就不至于惶惶不安，措手不及，也不会有什么遗憾。我们活着的时候，应当尽其所能地做好一切准备工作，尤其要把自己的事情做好。

为什么不珍惜短暂的现在，

而把希望寄予遥远的未来？——贺拉斯

眼下的事情已经多得做不过来，为何还要增加更多的事情？

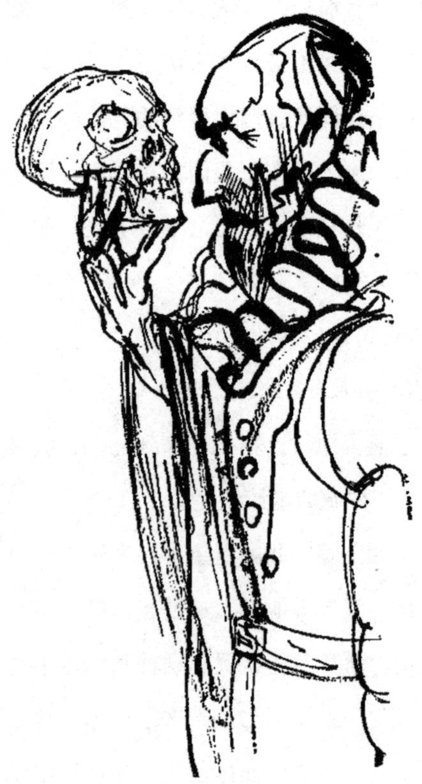

《直面死亡》 | 西班牙 | 达利

有人抱怨，死神阻止了他的成功；有人期望，在他死前儿女都长大成人；有人怕死去之后，失落了夫妻情分；还有人怕死去之后见不着儿子。这些事情都是人们患得患失的主要原因。谢天谢地，我对这一切早已释然于心，无论何时死去，我都会死而无憾。我从世俗的观念中已经彻底解脱出来，我很明白，我的死亡带走的仅仅是我自己。我并不期待那一天，但那一天来到的时候，我会从容告别人间。突然而至的死，是最好的死法。

“我真不幸，”

他们哭诉：

“这一天就剥夺了我的一切。” ——卢克莱修

建筑师说：

最后的工序未完成，

整个工程不完整。 ——维吉尔

人不能把时间消耗在无边的幻想之中，亦不能对事物怀抱十全十美的苛求。生命在于行动。

我愿工作到死那一天。 ——奥维德

我宁愿站着死，不愿躺着活，让生活充分展示出生命的活力。我愿死神在我打理菜园的时候降临，我连死神都不在乎，更不用在乎菜园的工作是否完满。有个人在生命的最后时刻，喘着最后一口怨气。他不怨命运带走他的生命，只怨命运割断了他编辑史书的愿望，害得他不能继续编写第十五位、第十六位国王的人生。

他们为何不多想一想，

死神不许我们带走任何东西。 ——卢克莱修

我们应当抛弃那些低俗有害的观念，让自己活得超脱潇洒一些。公墓之所以修建在教堂旁边，修建在市区人来人往的场所，如利库尔戈斯所说，是为了使活着的人，使妇女和儿童对死亡习以为常，意识到生与死的和谐。另外，不断听到的死讯，经常参加的葬礼，时常见到的坟墓，自然而然地使我们联想到自己，让我们看到生命的脆弱，从而更加珍惜我们今天的生活。

从前惯以屠杀给宴会助兴，

众人刀剑相向，

死者纷纷倒在桌上，

宴席洒满了鲜血。——西流斯·伊塔利库斯

埃及人在席终人散之前，将一名死者的画像置于宾客面前，高呼道："尽情地喝吧，尽情地乐吧，你死之后就是这般模样。"所以，我从不忌讳死亡，不怕想象死亡，也不怕提及死亡。我对死亡似乎有特别的兴趣，我喜欢了解人死时的情形，他们的表情如何，他们的举止如何，他们临终前说了些什么；我喜欢阅读论述死亡的书籍，我甚至还想编写一本有关死亡的集子，专论人类各种各样的死亡原因及诸如此类的问题。让人懂得死亡，就是让人懂得生活。狄恺阿科斯写了一本这样的书，但与我所想的不一样，效果不佳。

也许有人会这样说，死亡的痛苦和恐怖远远超出人的想象，就是最好的剑术师也不可能剑剑击中要害。他们要这样说就由他们这样去说吧。我以为，事先有个思想准备，无疑是大有裨益的。面对死亡能够坦然自若，无论如何总要好过慌慌张张，心惊肉跳。有时，命运之神也会助我们一臂之力，给我们勇气。如果死亡来得太突然，我们来不及害怕也就轻而易举地越过了这一关。如果身患不治之症，痛苦的折磨自然而然地让人对死亡不再怎么害怕了。我自己也有切身体会，身体健康的时候和身体衰弱的时候，对生与死的看法是不一样的。一个人在病得生不如死的时候，他自然会轻生重死，怎么还会怕死？我希望自己早早地认识死亡，在渐渐接近死亡的这个过程中，渐渐地适应这一必然的自然规律，让自己活也活得轻松，死也死得自如。从我的生活经验看，如恺撒所说，事物远看常常比近看显得更大。我发现，无病的时候比有病的时候更加害怕疾病。在身体健康的时候，如果去想象生病的情形，这种想象会令人恐慌万状，异常烦恼。而真的生病了，才知道这种疾病不是原先想象的那么可怕。我致力于探索死亡，正是想找出与此相同的道理。

我们还看到，在平凡的生活中，时间在不知不觉地流逝，人的身体也在不知不觉地变化，从年轻到老迈，一切都在悄然而变。

啊，只留下老骨头一把！ ——马克西米努

一个老态龙钟的卫兵请求恺撒让他去死，恺撒瞧着他那枯萎潦倒的样子，幽默地说道："你以为你还活着吗？"若一个人从青春年少忽然间变成这个样子，我想，没有任何人能够承受得了这种变化。然而，命运之神牵着我们的手，神不知鬼不觉地引领我们一步一步地迈入那悲惨的境地，我们就轻轻松松地朝那里走去了。因为走得太缓慢，完全感觉不到青春在消逝，尽管青春的消逝比生命的消逝更加惨痛。从青春到老朽，这么大的反差都可以让人浑然不觉，至于从老朽到死亡，完全可以说是同一个概念，毫无反差可言。佝偻的身躯担不起重负，人的心灵亦是如

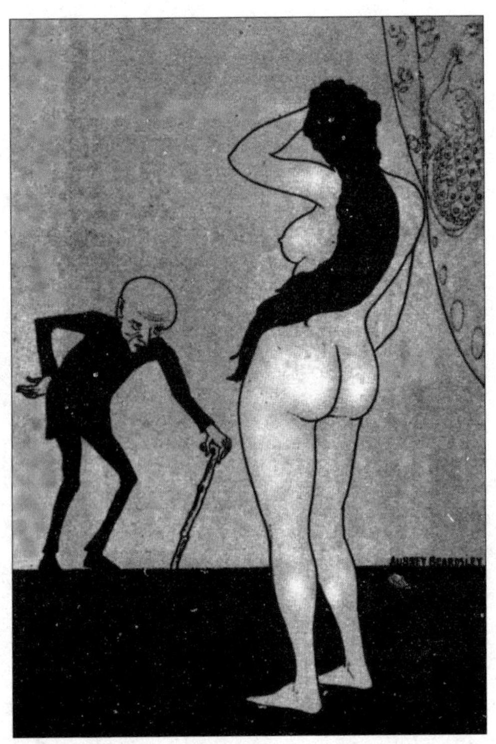

《苍老与青春》| 英国 | 比亚兹莱

此。所以，我们的心灵要正直挺拔，顶住一切的生活压力。如果心神不安，生活便永无宁日；如果无所畏惧，心灵将会高高地超越于任何俗事之上。所有的忧虑、烦恼、恐惧以及其他扰乱人心的东西，都不可能在这颗超脱的心灵中有一丁点儿的立足之地：

哪怕暴君怒目而视，

哪怕亚得里亚海恶浪滔天，

哪怕是朱庇特惊天动地的雷鸣，

丝毫动摇不了一颗宁静的心。——贺拉斯

它高高在上，傲视一切，不为贪欲所困，不为贫穷所扰，无论命运把它带到何处，它都能泰然自若。我们只要拥有一颗这样的心，任何艰难困苦都无法伤及我们，哪怕是世间最残酷的事情，也无法束缚这颗高贵的心灵。

给你戴上手铐脚镣，

让最凶残的狱卒折磨。

——我祈祷上帝将我解救。

我想这个上帝就是死神。

死神会把一切带走。——贺拉斯

我们的宗教最坚实的信仰基础在于藐视死亡。我们很明白地看到，我们没有理由担心失去已经失去了的东西，我们怎么会悲叹那不复存在的东西？死亡威胁我们的方式是各种各样的，所有的形式都会使我们惧怕，使我们陷入无穷无尽的恐惧和烦恼之中。其实，不管死亡的形式有多少，无非就是一死，只要不怕死，还有什么可怕的呢？既然死亡是不可避免的，它不会因为你怕它，它就不来。有人告诉苏格拉底："三十僭主判你死刑了。”他满不在乎地说：“悉听尊便。”死亡是解除一切痛苦的唯一途径。我们为解除痛苦而烦恼，不是很荒唐可笑吗？伴随着生命而来的一切，也会伴随着死亡而去。为我们死亡之后的事情担忧，也正像为我们出生之前的事情担忧一样，那是十分愚蠢的。死亡是生活的另一个转折。我们历经千难万险、千辛万苦，好不容易才走到这一步，进入到最坦然的世界里。人生这最后一回，也是唯一的一回，没有什么可以惋惜，也没有什么值得伤心。我们有理由为那转瞬即逝的事情担着漫漫的忧虑吗？早死或晚死，终归是一死；不复存在的东西无所谓是长还是短。亚里士多德告诉我们，希帕尼斯河岸上有一种小虫，最多只能活一天：如果上午八点钟死，便是英年早逝；如果下午五点钟死，便是寿终正寝。生命的长短与生活的苦乐没有必然的联系。如果把我们的生命同日月山川、千年古树，甚至是一些动物作比较，那些只能活一天的生命也没有什么好笑的了。

从生到死是人生的必然。“走出这个世界吧，”命运女神说，“就像你走进来一样；你无忧无虑地从死亡走进生命，也可无忧无虑地从生命走进死亡。你的死亡是天地万物的规律，亦是宇宙生命的一个组成部分。

生死交替，
如接力赛跑，
一代一代往下传递。
——卢克莱修

“难道我会为你一人而改变整个宇宙规律吗？自然规律不会因为你的出生而改变。死亡是你生命的必然，你试图逃避死亡，你就是在逃避你自己。你的生命由生死组成，一半是生，一半是

《苏格拉底之死》| 房龙

死。自从你出生那天起，你就开始向死亡迈进。

生命给我们的第一个小时，

也就是生命让我们失去的第一个小时。 ——塞内加

生即是死，死来自生。 ——马尼利斯

“你所有的时间，都是从你自己的生命中剥夺过来的，得到多少，同时也就失去了多少。无论你追求什么，结局只有一个，那就是死亡。生活的过程也就是死亡的过程，活过一刻便死去一刻，活过一天便死去一天，活过全程，便完全死了。也许你会认为，我是活过了才死的，其实，你从出生那一天起，就已经是一个正在死去的人。死神触摸一个正在死去的人，远比触摸一个已经死去的人显得更加残酷无情。如果你生而无憾，你也会死而无憾，你会心安理得地走向你该去的地方。

为何不像吃饱喝足的来宾，

心满意足地退出宴席？ ——卢克莱修

“假如你不珍惜自己的生命，假如你不善用自己的时间，那又何苦担心时间的流逝，何苦计较生命的长短？

为什么企盼延长生命？

增加无用的时间无异于重新受一遍罪。 ——卢克莱修

“生命本身无好坏之分，所谓的好坏是你自己一手造成的。你活过一天，便也看到了一切。这一日和所有其他时日并无区别。白天是一样的白天，黑夜是一样的黑夜，太阳是一样的太阳，月亮是一样的月亮，星星是一样的星星。昼夜更替，斗转星移，你过去的祖先的时候是这样，你将来的儿孙的时候仍然是这样。

周而复始，

始终如一。——马尼利斯

“我把所有的变化分布在一年之中，好像在上演一幕喜剧。你只要看一看四季的循环，便可看出人世间的童年、青年、壮年和老年这四个年龄段。年复一年，四季更替，总是一样的。

我们绕圈而行，

无非就在一个圈子里。——卢克莱修

一年四季永远迈着相同的步伐在环行。——维吉尔

“我不会为你一人设置新的程序。

周而复始，

已成定律，

不可为取悦于你而变更。——卢克莱修

“把位置让给别人，正像别人把位置让给你。平等是公正的灵魂。明知这是铁定的规律，是所有的人都必须遵循的，谁还会有什么怨言？无论你如何费心，你也不可能延缓死亡的进程，一切努力都是徒劳。如果你无时无刻不在害怕死亡，那你在出生之日就已经死了。

生命可短可长，

死亡却是永恒的。——卢克莱修

“然而，我的安排不会让你烦恼。

你是否知道，

当你死去之后，

你再也不会站在自己的坟前悲伤烦恼。——卢克莱修

“死亡是永恒，它与你的生死毫无关系：你活着，就是说你还未死；你死了，就是说你不活了，仅此而已。没有人会在不该

死去的时候提前死去。你死去之后的时间和你出生之前的时间一样，都不是你的，死亡本来就和你没有关系，将来更不会和你有什么关系。

时光，早已在那很遥远的时候逝去，

我们，在那个时候又在哪里？ ——卢克莱修

“你的生命无论在什么时候结束，它都是一个完整的生命。生命不在于长短，而在于时间的利用。有的人活了很久，但他几乎等于没有活过。当你活着的时候，你应当善用时间，善待自己。你的意愿在于活得长久，而不在于具体的天数。你希望只管往前走，永远不到头，这可能吗？人生没有走不到尽头的路。也许你会觉得一个人无伴太孤独，芸芸众生有谁不和你走着相同的路？

万事万物，

与你同赴黄泉路。 ——卢克莱修

“世间所有的一切不都和你朝着一样的方向吗？不都和你一样步入衰老吗？在你死去的那一刻，无数的人，无数的动物，无数的生物也在和你同时死去。

日以继夜，

夜以继日，

无时不闻各处传来的死讯。 ——卢克莱修

“既然不可能往回走，你何苦老想着走回头路？你看到，有人为了免除难以承受的痛苦很乐意死去，但是，你何曾看到，有谁对死亡心怀不满的？对你未曾经历、并且无人经历的事情横加指责，那是非常荒唐可笑的。你为什么要抱怨命运？难道命运对不住你吗？是你决定命运，还是命运决定你？也许你会觉得自

己应该活得更长久一些，但是，你的生命业已完成：小孩老人都是人，不论是人还是人的生命，都不可以用尺子来衡量的。喀戎的父亲——时间和生命之神萨图恩，向他阐明了永生的情形时，他便不愿意获得永生了。我不给人类不死的生命，那是不忍心看到人们去受无穷无尽的痛苦和折磨。如果你获得了永生，你就会无休止地诅咒我，怪我剥夺了你死的权利。我在死亡里面加进了一些苦味，也是为了不让你冒里冒失地去寻死。你应该稳健适中，既不厌恶生活，也不害怕死亡。在生与死之间，让生显得乐一些，让死显得苦一些，免得人们有意去寻死。你们那位睿智的哲人泰勒斯深明此理：生与死并无多大区别。有人问他为什么不死？他答道：'生即是死，死即是生；无所谓生，也无所谓死。'就像水、土、气、火诸物一样，你的生与死也不例外，同为宇宙万物的一部分。你为什么要害怕这最后的一天呢？这一天和以往任何一天都是一样的，都在朝着一个方向前行。这最后一步不是原因，是结果。每天都在走向死亡，这最后一天终于走到了该到的地方。"这就是我们的命运女神对我们的教诲。

我常想，在大多数人眼里，战时的死亡不如平时的死亡令人恐慌（战场上没有来来往往的医生，听不见此起彼伏的哀鸣）。同样是人，同样是死，而一般农民和平民与其他人士又显得很不一样。其实，死亡本身并不可怕，之所以可怕，那全是人为的。人们在死者临终的时候，在给死者送葬的时候，自作聪明地制造恐怖氛围：妻儿老小嚎啕大哭；亲朋好友哭丧着脸；佣人雇工神色黯然，哽哽咽咽；幽暗的房里点着鬼火一样的蜡烛；床前床后围坐着医生和牧师。一句话说到底，这一切不为别的，正是为了萨图恩是率先吃人肉的神，其标志是大镰刀。本图是文艺复兴时代的浮雕，在图中萨图恩手持镰刀，瞪着一个小孩。

《萨图恩》丨佚名

吓唬我们自己。我们人还未死，吓也吓得要死了。即便是一个很熟悉的人，只要他戴上假面具在孩子们面前出现，孩子们便要被吓一大跳，我们也是如此。假面具必须要摘掉。假面具一旦被摘除，我们会发现，死亡原来只不过是一件很平常的事情，就像前些时候看到的死去的两个仆人，从他们脸上，看不到丝毫恐惧的表情。如果免除了罩在死者身上的那些繁文缛节，死亡本身是很轻松自如的。

《陌生的羽毛》 | 英国 | 硕特香克

第21章 论限制奢侈

我们的法律试图控制吃穿消费，往往得不偿失。真正行之有效的办法是让人轻视锦衣玉食，意识到过分讲究吃穿纯粹是出于虚荣、无聊和庸俗，毫无意义和价值。我们想让人们对类似的东西望而却步，尽量提高这些东西的价格，其实也就进一步抬高了这些东西的身份，突出表现了它们的价值。如规定只有王公贵族才能大吃大喝，穿金戴玉，平民百姓却不能如此。这不分明是在让人更加羡慕奢侈，渴望自己也能像他们那样吃饭穿衣吗？撇开表面的显荣不说，国王做错了事可以不闻不问，百姓做错了事则要严加查处。外国有些好的方法，值得我们学习和借鉴（我以为有这个必要），学之无害，取之有益。习惯的养成常常令人不可思议，往往就在一刹那不知不觉便形成了。我们依照宫廷惯例为亨利二世戴孝服丧还不到一年，丝绸衣料几乎被每一个人所厌弃；举国上下人人都穿丝绸，丝绸自然而然地失去了它原先的价值。那个时候，穿丝绸的人，不是平民百姓，便是内外科医生。其实，纵然人人穿着一样，人的身份和品行还是有区别的。在部队里，油渍斑斑的皮衣和布衣是吃苦耐劳的象征，与此同时，谁要是穿着豪华考究，定然遭到蔑视。如果国王带头抛弃奢华的生活，用不了一个月，全国上下势必会上行下效，轻视奢侈，无须颁布任何条文和章程；或者昭告天下，只有靠卖淫为生的妓女和靠卖艺为生的街头浪人，才能穿戴华丽的衣服和金银首饰，人们断然不会紧随其后。

查莱库便是用这种方法纠正了洛里克人的腐化风气。他的法律这样规定：有自由身份的妇女，出行最多只能携带一名侍女，喝醉酒时例外；夜间不得出城；不得佩戴金银首饰，不得穿刺绣的衣裙，公开卖淫的妓女例外；男子不得戴金戒指，不得穿奇装异服，专靠拉皮条为生的人例外。他用这些个不雅的例外，将民众的兴趣从无用有害的侈靡之风，顺理成章地引入到利国利民的实事上面，让民众胸怀大志，以尽职尽责为国效力为荣。

国王所表现出来的喜好和厌恶，实际上就等同于法律。

君王的一举一动，

犹如颁布金科玉律。——图体良

法国人大都喜欢以宫廷生活为楷模。我们模仿那些朝臣，穿一条不伦不类的马裤，露出身体不该露出的部位，再配上一件臃肿的上衣，把自己打扮得人不像人，鬼不像鬼的。如此着装，不但碍眼，而且碍手碍脚，活动大不方便。还有脑后那条长辫子，把男子汉的阳刚之气一扫而光。从前君王在庆典上的礼仪，变成了我们普通生活的惯例，逢人逢鬼都要吻吻手，吻吻递给对方的东西，以示敬意。一位绅士要表示对人谦恭有礼，就得摘下佩剑，还要宽衣解带，好像刚从厕所出来的一样。这些所谓的礼节，既不符合祖宗的规矩，又放弃了王朝赋予贵族的特权。无论在什么地方，见到什么君王，都要脱下帽子呆立许久。各国封王的人多如牛毛，有的是三等王、四等王，如此行礼，不知累也不累。诸如此类的恶习怪招，成了我们时尚的新花样。的确，这些东西都是表面现象，但是，表面的错误常常会提示危险的凶兆，如同墙上的裂缝在提示我们，整堵墙的根基已经开始动摇。

柏拉图在他的《法律篇》中指出，如果让年轻人在服装、姿态、跳舞、唱歌和体育诸方面任意追逐新潮，标新立异，改头换面，以花样翻新者为楷模，那么，这个城邦所受之害，远远甚于本画讽刺的是英国人从法国人那里模仿来的奢华而古怪的发型。

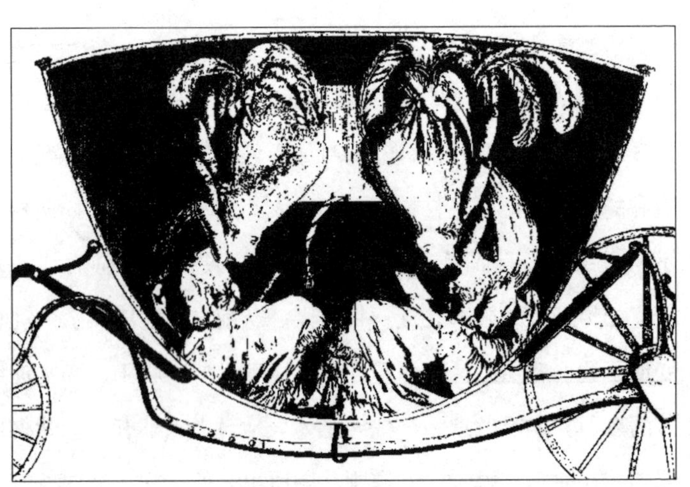

《最新发型带来的享受》丨英国丨达尔利

瘟疫，过去的传统和习俗会因此受到蔑视而被破坏。人生诸事，除了坏事以外，所有改变总会令人担忧。即使是刮风下雨，食物变质，人情冷暖，都会让人不安。恒定的律法是上帝的恩赐，我们无从知道它始于何时，有何更改变动，总而言之，它历久不衰，行之有效，这就是我们遵循的理由和根据。

亚历山大石棺浮雕

第22章

论睡眠

理智告诉我们，做相同的事，未必就要用相同的方法。因此，聪明人处事，只要不偏方向，不违本意，就不会拘泥于形式，不会像麻木不仁的庞然大物，不知轻重缓急。然而既为血肉之躯，冲锋陷阵之时就会心跳加快，热血沸腾，不似就餐吃饭那样温文尔雅，从容不迫。所以，一些大人物面对非常事件和重大行动，照样安然睡觉，镇定自若，就格外引人注目了。亚历山大大帝与大流士会战那天，尽管恶战在即，他却酣然大睡。拂晓时分，战事迫在眉睫，帕尔梅尼不得不闯入他的卧室，连叫数次才把他叫醒。那天晚上，奥东皇帝自裁殉国之意已决，他则不慌不忙地料理后事，给仆人分发钱财，选好自刎的利剑；诸事办毕，只等待众位随员安全撤离的消息。未及消息回报，他已倒头大睡，鼾声如雷。这位皇帝之死与伟大的加图之死极为相似。加图自杀之前，一边等候众元老是否已从乌提卡[1]港撤离的消息，一边呼呼大睡，其鼾声传至隔壁房间。他派去港口的探子回来禀报，说暴风雨耽搁了元老们的行程。他另打发一人前往探视，又呼呼地睡着了，一直睡到确知元老们已经安全撤离。我们由此联想到，当年身陷重重危机的加图，和亚历山大也有相似之处。护民官梅特鲁斯趁卡提里那[2]阴谋叛乱之机，企图颁发命令召庞培入城。在元老院就此事表决时，加图极力反对，而反对者又仅加图一人。梅特鲁斯与他唇枪舌剑，一来一往，相持不下。第二天中午之前，必须对此事做出决定。当时，梅特鲁斯有民众和恺撒一派的庞培支持，还有暴乱奴隶和剑客武士供他驱使；加图则一

1　乌提卡，北非迦太基西北的城市。

2　卡提里那（公元前108—公元前62），阴谋颠覆共和国的罗马贵族。公元前62年，他战死失败。

加图自杀后，仆人为他进行了包扎。但是，他苏醒后一把扯掉绷带，亲手把伤口重新撕开。得知加图的死讯后，恺撒叹息道：『加图，我恨你连让我宽恕你的机会都不肯留！』

《加图之死》 | 意大利 | 朗戈提

盖尤斯·马略

无所有，全凭自身的勇气和毅力支撑危局。值此紧要关头，他的亲人、家仆和一些有识之士，为他深感不安，忧心如焚。他的夫人和他的姐妹茶饭不思，坐卧不宁，整夜都在哭哭啼啼，哀声叹气。而他却若无其事，劝慰大家不必心急。吃过晚饭之后，他一如往常，上床倒头便睡。直到第二天早上，一位同僚将他叫醒，他才起床，从容不迫地去参加辩论。他一生所表现出来的大无畏精神，向我们展示了一颗崇高的心。这颗心超然物外，傲视一切，从不为任何俗事所困扰。

在西西里对塞克斯图·庞培[1]的海战中，奥古斯都大获全胜。而这场海战从开始到结束，奥古斯都一直在睡大觉。战斗刚刚打响时,他的属僚不得不叫醒他要战斗口令，等到阿格里巴[2]前来报告胜利消息时，他仍然沉睡不醒。这就给马克·安东尼后来谴责他留下了口实，说他面临战场勇气全失，战斗开始时不敢正视自己的军队阵容，战斗结束后不敢面见自己的士兵。然而，小马略更是有过之而无不及。在对苏拉最后一战那天，他将部队部署完毕，下达了战斗口令和口号后，便一头钻进树荫下，一直睡到他的部队溃败逃跑还未醒。有人说，那是因为操劳过度，劳损太大，需要睡眠休养生息。至于人体究竟需要多少睡眠，医生自会得出研究结果。我们从史书中看到，被关押在罗马的马其顿国王佩尔塞乌斯死于禁止睡觉的折磨。而普林尼却举例说，有人不睡觉也活了很久。希罗德说，有的民族半年睡觉，半年不睡觉；有人给哲人埃庇米尼得斯撰写传记，说他总共睡了五十七年。

---

1 塞克斯图·庞培，庞培之子。

2 阿格里巴，奥古斯都的女婿。

《律师》| 法国 | 维克多·雨果

第23章

论言过其实

从前有位雄辩家，他无不自豪地说，他可以把小的东西让人以为是大的东西，也就是说他遣词造句有独到的本领。这是一个给小脚做大鞋的鞋匠。要是在斯巴达，这类人一定会因危言耸听罪而受鞭笞。若斯巴达国王问修西底德，他与伯里克利摔跤角逐，谁会技胜一筹？他会如此回答，谁胜谁负难下定论，就算把他摔倒了，他也会让观众觉得他未倒地，照样可以拿走奖品。对于如此雄辩，国王不会有多大的兴趣。女人搽脂抹粉，掩饰其皱纹和缺陷，倒也无可厚非，因为看不看她们原本的肤色，并不是很要紧的事情。而有意弄虚作假，颠倒黑白，歪曲事物的本质，那就不仅仅是蒙蔽我们的眼睛，而是使我们失去正确的判断能力。在国泰民安、治理有方的国家，如斯巴达和克里特，雄辩家是不受欢迎的。阿里斯托给雄辩术取了一个别致的名字："说服人的技巧"，苏格拉底和柏拉图却将它称之为"使巧弄诈术"。有些人在平时的谈话中总是否定它，而到了上台演讲的时候却常常在肯定它。伊斯兰教严禁孩子们涉足雄辩术，认为它百无一用。雅典人深受雄辩术之害，索性规定发言人把开场白和结束语统统删除。这是一架煽动暴民制造动乱的机器，无异于给一个多病的国家添了一剂泻药。在持续动荡不安的国家，如雅典、罗德以及罗马，无论是粗鲁下流者还是不学无术者都可以滥竽充数，呼风唤雨。这些混乱的地方，正是雄辩家们的用武之地。的确，在这些国家里，很少有人不靠雄辩而登上显赫的高位。

庞培、恺撒、克拉苏、卢库卢斯、兰图卢斯、梅特鲁斯，他们之所以能够登上权力的巅峰，雄辩的作用比军队的作用更加重要。而时局稳定的时候，情况就不一样了。如，沃卢姆斯乌斯支持克·法比乌斯和帕·德乌斯代族人入选执政官，“这些人，”他强调指出，“来自战场，身经百战，久经考验，功勋卓著，有非凡的组织能力和管理能力。城邦需要判断敏锐，说理充分，学识渊博的人。这样的民选官才能明辨是非，主持正义。”

在罗马，当公众事务一塌糊涂，尤其是内乱令人不安的时候，就是雄辩术最盛行的时候，如同一块丢荒的土地，长满了乱七八糟的野草。而君主政体则少有雄辩家的市场，因为普通百姓天性纯朴，乐意听一家之言，不喜欢标新立异。依我看，不轻信花言巧语，并非人人都能做到。只有受过良好教育的人，才有能力抵御迷魂汤的毒害。在马其顿或者波斯，就看不到以雄辩术见长的知名人士。

不久前，我与一位意大利人就膳食之事有过一番交谈。此人是已故红衣主教的伙房管事，一直管到主教大人去世。他见我提起他掌管的差事，立刻显出庄重肃穆的表情，仿佛是在阐述深奥的神学原理。就食欲而论，可分为几种类型，有餐前食欲，餐后食欲，餐后第二顿食欲，餐后第三顿食欲，等等。餐前食欲容易满足，但要诱发餐后第二顿乃至第三顿的食欲，那就大有学问了。拿调味品来说，有原汁原味的，有加了佐料的，风味各有不同。吃色拉要看天气，冷天有冷天的吃法，热天有热天的吃法。饮品要色香味俱全，不但吃起来要有滋有味，而且看上去也要赏心悦目。再说上菜的程序也很有讲究，哪道菜先上，哪道菜后上，对食欲都有举足轻重的影响。一顿饭吃下来，颇费周折。

须知，

兔肉鸡肉，

伊壁鸠鲁是古希腊哲学家、无神论者，伊壁鸠鲁学派的创始人。后人说他是享乐主义者，也有人说他的学说宗旨是达到心灵的宁静状态。本画是讽刺前一种情形。

《伊壁鸠鲁的炉灶》| 德国 | 汉斯·霍尔拜因

切法不一。 ——尤维纳利

他用词高雅华丽、庄重严肃，不像是在谈论吃饭，倒像是在讨论军国大事。这使我想起了那位特伦斯先生：

这个咸了点，

那个烧过了头。

好像不够淡，

这样就对了，

下次记住照此做。

碗盘碟子，

洗得要像镜子。

指导厨子，

件件事情都须耳提面命。

保路斯·埃米里乌斯从马其顿归来，希腊人为他举行了盛大的宴会庆典，宴席相当考究排场。我并不是说不讲烹饪技术，不要饮食效果，我要说的是，煮饭做菜不至于要用上那许多华丽的词藻。

建筑师用他们的行话术语大吹大擂所谓的半露方柱、柱顶过梁、飞檐下楣等等，而且是什么科林斯风格，什么多立克式，听起来玄妙得很，俨然是在建筑阿波罗宫殿。其实他们所讲的那些东西，跟我厨房的普通构件一样。不知各位对此是否也有同感。

有些人开口闭口就是换喻、隐喻、讽喻，还有诸多语法修辞，文绉绉的，仿佛是在谈论珍奇异事，神神秘秘，装腔作势，不过就是在使唤一个丫环而已。

尽管我国的官职建制不同于罗马，却用罗马人的头衔来称古希腊的石柱的式样分三种，即多立克式，爱奥尼亚式和科林斯式（从左到右）。

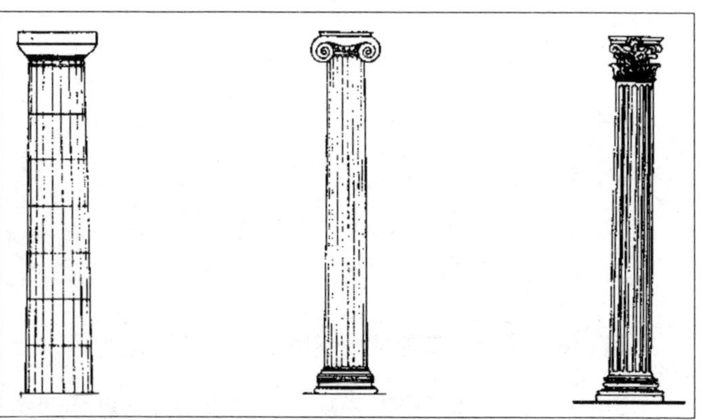

古希腊的三种柱式

呼我们的官员，虚张声势。如此自欺欺人，玩弄自己，迟早会被后人嗤笑。古代圣贤的声誉经久不衰，我们也紧随其后，把圣贤的美誉封给不伦不类之人。柏拉图得了天才的称号，那是他的成果有目共睹，名副其实。至于那些意大利人，装腔作势地说他们是最有理性的民族，才思敏捷，措辞严谨，堪称当今天下第一，未免有点厚颜无耻。不久前，这个头衔赠予阿雷蒂诺，他的作品在堆砌夸张的词藻，发挥离奇的想象，强词夺理方面的确高人一等，除此之外，没有那点比得上同时代的一般作家，比之古代天才就差得更远了。我们无缘无故地把伟大一词加在君王头上，但是，左看右看，也看不出他们比一般人伟大在哪里。

《恺撒大帝》丨西班牙丨达利

第24章
论恺撒的一句话

如果我们对自己稍加留意，把观察别人和探讨身外事物的时间，用于研究自己，我们很快就会发现，我们自身存在着许多不足之处和这样那样的缺陷。我们对任何事情都不会感到心满意足，好高骛远的脾性剥夺了我们的判断能力，使我们无从选择最适用于我们的东西。仅此一例，不就足以证明我们的缺陷所在了吗？更有一例是最好的证明：哲学家们无休止地争论人生最大的幸福是什么，争得面红耳赤也争不出结论。这个问题过去在争论，现在在争论，而且将来还会一直争论下去，并且永远也争不出结果。

欲求不得之物最是美好，

一旦到手不甚了了，

站在这山望那山，

那山总比这山高。 ——卢克莱修

我们想要的东西，无论是知识，还是财富，只要是能够得到的，都不能使我们满足。因为得到的东西不能使我们满足，所以我们会继续去渴求我们以为更好的东西。依我之见，并非我们得到的东西真的不好，而是我们常常太急躁，尚未看清现在就去追求未来。

眼见得，

人应有的物质需求他已应有尽有，

人想要的财富、地位和声名他不缺少，

还有令人赞誉的子孙后代。

虽如此，

他依然牢骚满腹，烦心倦目，

因为他终于看到，

盛物的盛器有毛病，

再好的东西放在里面也会变质走味。——卢克莱修

我们对自己的欲求总是瞻前顾后，优柔寡断。到手的东西我们不是珍惜它，不是享受它，而是嫌弃它。不管它是什么东西，只要是得到的东西就不是好东西。我们心向神往的，都是我们未知的；我们敬仰畏惧的，都是我们不明不白的。正如恺撒所说：“往往，越是不为人所知的东西，越是为人所信；越是深藏不露的东西，越是为人所惧；这是常人的通病。”

《徒劳的观察》丨法国丨杜米埃

第25章

无用的技巧

人们常常企求掌握某种精细微妙的技巧，以博得尊重和赞扬。比如说，整首诗的每一行开头都用相同的字母。古希腊人把一首诗的每一行拉长或缩短，使整首诗的形状看上去像一只蛋，像一个球，或者像翅膀，像斧头。普鲁塔克书中提到，算一算字母表中的字母能够转换成多少种排列形式，答案是，其排列形式多得难以想象。更有一事令我极为叹服，一位朋友居然能把小米粒投进针眼，而且每投必中，绝无失误。如此罕见的技巧让人大开眼界，表演者也因此得到可观的一堆小米粒，以资继续练好这难得的独门功夫。人们看一事物，兴趣多在于它是否新奇古怪，是否难度很大，而它是否有用处或价值，则无人问津。这不能不说人的着眼点是有毛病的。

前不久我在家里玩过一种游戏，看谁能找出两者之间都可用“最”字来形容的东西。如“先生”一词，在男性中使用率最高，它上可称呼国家最高统治者，下可称呼商人及各界人士，无论地位高低，无论穷人富人，只要是男性，一概可以用“先生”称呼。称呼女性最有讲究，贵妇人称之为夫人，一般淑女称之为女士，下层妇女则称之为女人。豪华桌布只有王公贵族和高档饭店才能使用，普通家庭不敢有非份之想。德谟克利特说，上至神灵下至禽兽，比之处于中间状态的人更为敏感。罗马人习惯于在最悲哀和最高兴的日子里穿同样的服装。最恐惧和最勇敢这两种情绪，一样地最刺激肠胃神经。被戏称为“哆嗦之王”的那瓦尔桑各十二世国王告诉我们，害怕和勇猛都会使人手脚颤抖。有位国王，侍卫帮他穿戴盔甲的时候，觉得他有点手忙脚乱。随从们尽量轻描淡写地和他谈论眼前面临的危险，意在给他打气壮胆。

本图是 1834 年 2 月 27 日的法国《喧哗》杂志的刊头。该杂志把法院针对该刊的一份判决书排成梨子的形状发表，对法院判决书这种庄严的公文而言，无疑是一种戏弄。

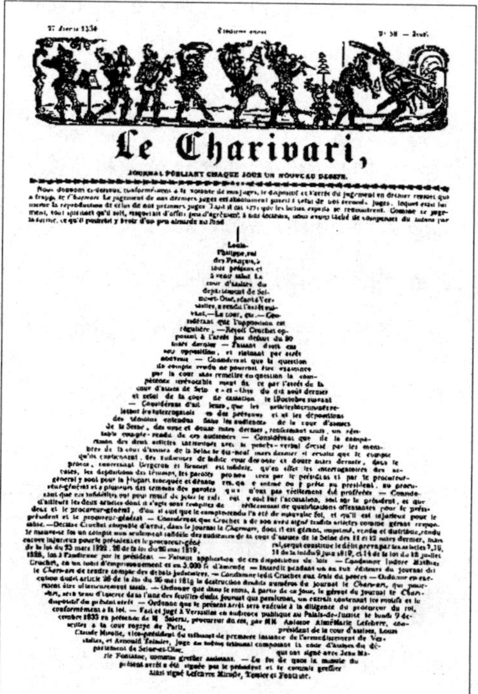

Le Charivari,

JOURNAL PUBLIANT CHAQUE JOUR UN NOUVEAU DESSIN.

梨形判决书

“你们对我有所不知，”国王说，“要是我的肉体被勇气唤醒，知道它要去的地方，那就不是手忙脚乱，而是动弹不得了。”纵欲过度或者过度冷漠，都会引起性衰弱。冷到了极点和热到了极点同样伤人肌肤。亚里士多德说，铅条在最寒冷的冬天会和在高温时一样融化流动。贪得无厌和一无所求都会使人由快乐步入痛苦。智者和愚者同样要面对人间的灾祸，智者能够把握灾祸，善于战胜灾祸。有的人面对灾祸麻木不仁，有的人企图逃避灾祸，另有一种人则大不一样。他们能够充分掂量和估摸灾祸的性质，凭借着他们的大智大勇，审时度势，超越灾祸。他们不怕灾祸，踏着灾祸而过。灾祸的利箭射向这种心如铁志如钢的人，立时就会反弹回去，去其锋芒。处于智者和强者之间的庸人，面对灾祸的打击畏首畏尾，既无还手之力，亦无招架之功。婴儿和老朽一样弱智。贪婪和慷慨同样渴望获取。

有句俗话说：不读书，蠢如猪；读了书，蠢于猪。不读书时像猪一样愚蠢，读了书后比猪还要愚蠢。前者因为不识字而无知，后者在识字的同时，陷入另一种迷茫的沼泽里。一些虔诚的基督徒得以修成正果，不在于他们有什么奇思异想，而在于他们有一颗纯洁的心，对自己的信仰忠贞不渝。一些泛泛之辈多爱自作聪明，自以为是，他们只图虚荣，不求实质，把谨守教规教义看成是穿新鞋走老路，把标新立异和探索真理混为一谈。真心诚意的信徒志向高远，坚毅沉着，高瞻远瞩。他们孜孜不倦地追求真理，由表及里地领悟《圣经》所蕴藏的真正含义，更深层次地揭示神圣的教规教义之奥秘。我们看到，他们严于律己，朴素谦虚，毕恭毕敬地跟随上帝，步入基督教之化境，享受着功德圆满的快慰，心安理得。相形之下，有些人好高骛远，心浮气躁，不知修身养性，只知贬低别人，抬高自己，到头来弄巧成拙，辱没了自己。朴实的农民和贤哲一样泰然自若。他们心态平和，头脑清醒，求真务实。思想杂乱无章之人，一方面鄙视目不识丁的大老粗，另一方面对圣贤哲人又望尘莫及，悬在两者之间活受罪。此等不安本分之人，实为社会动乱之源。就我本人而言，我情愿回归到自然状态，不愿舍本逐末，徒劳地拼搏。

纯朴自然的民歌优美动人，毫不逊色于最佳的艺术作品。加斯科尼的乡村歌谣自然天成，不见一丝一毫的人工雕琢痕迹。那些半吊子的诗作，除了丢人现眼，没有任何价值。

当我茅塞顿开的时候，我才发现，那所谓稀奇难解的题目，原是普普通通的，不足为奇。由此联想到我的散文随笔，未必就能引人注目；不爱思索的人会忽视它，勤于思考的人会苛刻它；它上不着天，下不着地，只能在空中盘旋徘徊。

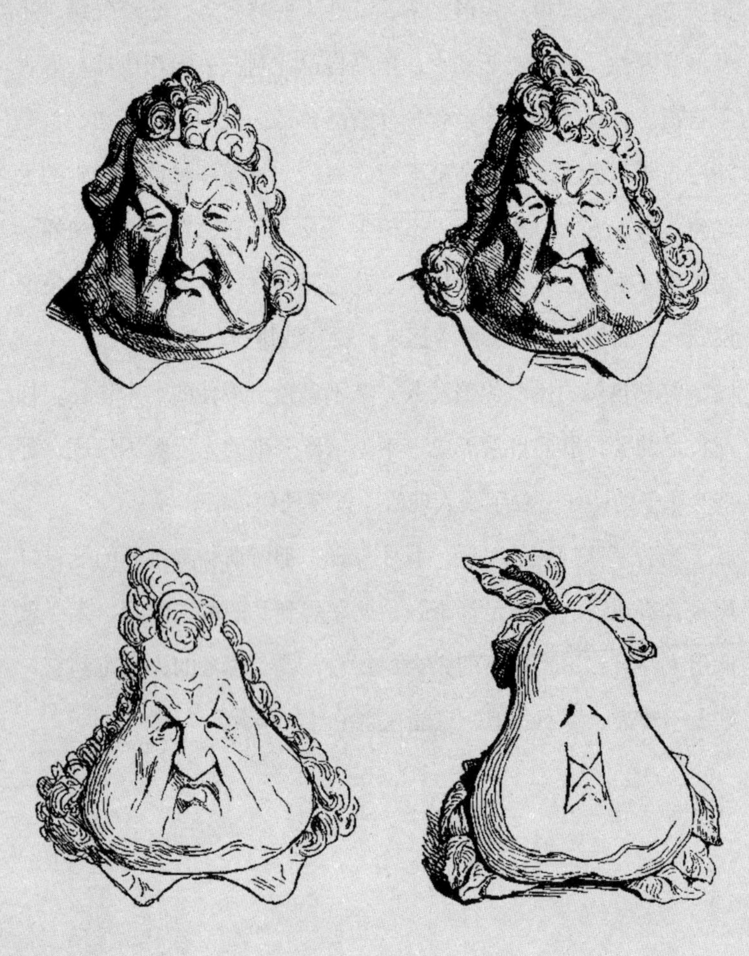

《四只梨子》 | 法国 | 夏尔·菲利蓬

第26章
论人性无常

如果你仔细地去观察一个人的行为，你会发现，没有任何事物比人的性情更加复杂多变，让你迷惑不解。你很难给一个人确定一种性情，认定他就是这样一个人。人经常会一反常态地做出不像他本人做出的事情，使你大吃一惊，不可思议。我们发现，小加图有时是战神马尔斯之子，有时是爱神维纳斯之子。据说教皇博尼费斯八世走进教廷像狐狸，做起事来像狮子，死的时候像条狗。谁曾料想，残暴无比的暴君尼禄，当有人把死刑判决书递交给他签字时，他叹息道："唉，要是我不会写字多好！"判处一个人的死刑竟会使他这样为难。类似的故事还有许多，每个人都有自己的故事，都能从自己的言行举止、所作所为中看到，人性是游移不定的。滑稽剧诗人普布利厄有一句名言：

只有死人才会一成不变。

在一般情况下，我们可以对某一个人形成某种印象，但是，人的天性具有不稳定性，人的思想观念不可能一成不变。我常常在想，一些作家，甚至是一些最优秀的作家，他们力图把人塑造成始终如一、固定不变的模式，这不能不说是他们创作中的一个失误。他们按照一般规律刻画一个人物，用以诠释这个人所有的言行举止。如果此人的某些行为有悖常规的话，他们便把这些行为定性为虚伪，既符合惯例，又顺理成章。这种模式显然就套不到奥古斯都身上。变化多端、反复无常贯串着他整个人生历程。即便是最有见识、最有魄力的评论家，也不敢对他妄下结论。要说某人具有某种德行，我不怀疑；要说某人坚如磐石，雷打不动，我却很难相信。反之，世事无常，人性无常，倒是不难理解。判断一个人，要就事论事，不要笼统一词，这样才有可能明辨是非，识人真相。从古代史中，很难找到几个把自己的生活固定在一个模式里的人，尽管古人把坚定不移视为生活的教条。有位古人想把一切归结为一句话，想把所有的行为纳入到一个生活准则之中，他说：“一件事情，要么有始有终，要么有始无终；好事能到底，坏事会中断。”的确，我早就听说，恶行是不正当的行为，没有道德规范，所以不可能持久。好像迪莫斯西尼也这样说过：“德行因为善始，所以能够善终，始终如一，恒久不变。”诚然，我们选择人生道路的时候，一定是选择最好的那条道路，但是，没有人能确切地知道哪条道路最好，可以始终如一地走下去。

他瞻前顾后，犹犹豫豫，

既想取之，又想舍之，

他的生活前后矛盾，左右不定。——贺拉斯

我们行事大多是任性而为，很少深思熟虑，往左往右，往上往下，随心情而定。我们没有长远规划，不是燃眉之急决不想它，随波逐流，以形定影，像能够改变自身颜色的小巧动物一样，走到哪里，变成哪样。

我们转来转去，

好像是别人的鞭梢，

任由别人挥过来，舞过去。——贺拉斯

我们的行动不是主动的，而是被动的，像那水面上的浮草，一会儿急，一会儿缓，任由水流冲动。

他们空虚迷茫，

不知求何物，

不知去何方，

只求花样翻新，

聊以慰藉他们那颗疲惫的心。——卢克莱修

天天都有奇思异想，我们的性情始终游移不定。

人的心思犹如阵阵闪电，

好像是天神朱庇特射向人间的光芒，

把人照得眼花缭乱。——西塞罗

我们随心所欲，任性而为，对任何事情都有所企求，对任何事情又满不在乎，从来不在任何一件事上刻意追求，狠下功夫，持之以恒。人若能为自己的生活确立一个方向，制订相应的生活计划，有条不紊地逐步实施，他的生活就会明朗而充实。恩培多克勒看到阿格里真托人的生活方式，觉得有点不可思议。他们寻欢作乐，几近疯狂，似乎过了今天就没有明日；他们大兴土木，不辞劳苦，仿佛会与世长存，永不衰老。从小加图身上，我们看到一个完整和谐的人格，他每走出一步，都能前后呼应，步调一致，毫无刺耳的杂音。而我们则大不一样，我们每做一件事，都有不同的动机，都会让人用不同的眼光来判断。依我之见，判断事情无须舍近求远，牵强附会，只须就事论事即可。在国内局势动乱不安时期，邻居一位姑娘从窗口纵身跳下，以求躲过一名驻扎她家的下等兵对她的强求；跳楼没有把她摔死，她便拿刀戳自己的喉咙，结果被人拦住。尽管受伤不轻，她也实话实说，说那士兵并未对她胡搅蛮缠，仅是用好言好语和礼物向她求爱，但她生怕事情发展到不可想象的那一步，于是便出此下策，以防不测。她那端庄的面容，她那恳切的言辞，她那热血沸腾的举动，

朱庇特

朱庇特是罗马神话中的众神之王，即希腊神话中的宙斯，其权力的象征是雷霆和雕。本图是3世纪时的雕塑。

如同另一位洁身自好的鲁克雷蒂亚。然而，无论从哪方面说，她都不是那种难于相处的人。房东引用阿里奥斯托的一个故事说，彬彬有礼的绅士，不要以为你的情人圣洁高雅，不近人情，说不定她心里正想着你的车夫。

安提柯见一名士兵作战异常勇敢，对他宠爱有加，关怀备至，严令医生务必治好这名士兵缠身已久的疾病。士兵的疾病医好之后，原先的战斗热情随之消失。他问士兵何以忽然之间变得如此贪生怕死，士兵回答说："主人，是您把我改变的。过去我疾病缠身，生不如死，但愿在战场上一死了之；现在我是无病之人，不愿轻易死去。"卢库卢斯的一名士兵遭到敌人洗劫，该士兵奋不顾身地与敌拼博，夺回失物。卢库卢斯见他如此勇敢，便派他去执行一项非常危险的任务，并且一再鼓励嘉奖，许以厚报。

如此激励之辞，
胆小鬼听了也会变成勇士。——贺拉斯

他却回答说："我已失而复得，无所牵挂。你最好是派被抢劫了的士兵去完成这项任务。"

失去钱包身无分文的人，
你叫他去哪里他都会听从于你。——贺拉斯

他冷淡地回绝了卢库卢斯。你昨天看到那人英勇无畏，今天再看那人，却又显得胆小如鼠，你大可不必感到诧异。愤怒、绝望、友情、美酒和号角都有可能激发起人的激情。我们没有理由凭空而言勇敢，在不同的环境有不同的表现，这一点并不奇怪。

矛盾重重又变化多端，在我们身上显而易见。我们身上似乎有两个灵魂，有两种互不相同的力量永远在支配着我们。一种力

《鲁克雷蒂亚》 | 德国 | 老克拉纳赫

鲁克雷蒂亚是贞洁女性的代表。她被罗马暴君塔尔昆强暴后，忍辱揭露其暴行，并呼吁推翻暴君，然后自杀殉节。

量把我们推向这边，另一种力量又把我们推向那边。一个突然的变化，一个突然的转折，让人难以想象这互不相同的力量来自同一个源泉，表现在同一个人身上。

至于我，任何一个偶然事件都会像一阵风，把我吹送到它那一边，使我心神分散。无论是谁，只要他仔细地审视自己的内心世界，他会发现，他几乎从未有过两次一模一样的心境。我的心有时会向着这边，有时会向着那边，至于向着哪一边，都是心随境移。说我自己具有多面性一点不假，因为据我观察，我的确不是一个一成不变的人。所有矛盾对立的因素都能在内心世界的各个角落里看到：羞怯、傲慢，严肃、放纵，啰嗦、寡言，坚强、软弱，机智、迟钝，忧郁、乐观，虚伪、真诚，博学、无知，慷慨、吝啬，等等，所有这些互相矛盾的因素，在我身上或多或少都能看到。无论是谁，只要他把自己从头到脚筛选一遍，便会筛选出形形色色的东西来。我举不出任何例子来说明我是纯粹单一的，绝对稳固的。我的逻辑是“一分为二”。尽管我总是力图把事情讲得更好一些，但是，良好的愿望未必就有良好的结果。往往，一件好事反而是被恶意所促成，我们常常会遇到这种始料不及的事情。所以，判断一件事情的好坏，不能单单从意愿出发。一个勇敢的行动，并不能完全证明一个人是勇士。真正的勇士，应当在任何时候、任何情况下都是勇敢的。如果这勇敢是一贯的秉性而不是一时的冲动，那么，他时时刻刻都会表现出同样的勇敢：无论是独自一人还是与人结伴，无论是在一般的竞技场还是在你死我活的战场，他都会一如既往地无所畏惧。在战场上表现的勇气和在平常不一样，忍受得住战火中的伤痛，未必就能忍受得住床上的病魔；冲锋陷阵时不怕死，不等于在自己家中也不怕死。同样一个人，在攻城掠地时奋不顾身，而在输掉一场官司或者是失去一个孩子的时候，他却会像妇人一样哀哀戚戚；面对金钱他会失去尊严，而面对贫困他却会变得坚强；他不怕敌人的刀剑砍下他的脑袋，却担心理发师的剃刀会割破他的脸皮。我们赞扬勇敢，是赞扬这种行为，并非赞扬这个人。

西塞罗说，许多希腊人不能容忍敌人，却能容忍疾病；辛布赖人和恺尔特人正好相反。

任何事情都不能凭空而论。——西塞罗

要说勇猛，可能难有亚历山大那么勇猛的人，但是，即便是他那种天不怕地不怕的人，也只是一时之勇，一地之勇，并非完全彻底，贯串始终。他那刚强无比的性格之中，同样含有脆弱的瑕疵。他没完没了地疑神疑鬼，生怕他的部下图谋害他。这种恐惧深藏在他心里，使他变态失常。他动不动便捕风捉影，丧心病狂地迫害其部下。他不但怕人，而且怕鬼，深深地陷入迷信的泥潭里。可想而知，他的内心深处是何等的胆怯懦弱。单凭他忏悔错杀克利图斯这一件事，就足以证明他的勇敢仅仅是一种表象而已。我们所有的表现，不是别的，正是一本杂志，如某人所说，由杂七杂八的片断拼凑而成。我们搏取的荣誉，正是一种名不副实的标题。美德不会盲从于人，如若某人想利用它做面具去达到某种目的，它立即就会把这面具撕开。美德不会往脸面上去，只会往心里面去，一旦沁入心田，就会与心灵融为一体，伤德就会伤心。所以，看一个人不能只看他的一时一事，而要看他整个的人生历程，才会真切地看到他是否具有真正的美德。

亚历山大大帝是世界古代史上最著名的军事家和政治家之一，他曾领军驰骋欧亚非大陆，建立庞大的帝国，使古希腊文明得以广泛传播。

《亚历山大大帝》 | 希腊 | 利西波斯

经过深思熟虑，他把人生道路选定。——西塞罗

人生道路坎坎坷坷，人的步伐会有所改变，像被风卷起的一堆树叶，时紧时缓，时快时慢，忽上忽下，忽左忽右，如塔尔博所言，随风而动。

这并不稀奇。一位古人说，我们的出生实属偶然，我们的生命受偶然支配也在情理之中。一个人的生活没有一定的规划，做起事来就会显得杂乱无章，因为他脑海里没有一个总装图，所以他也就不知道从哪里下笔。对于一个要画什么都不知道的人，还有什么色彩好说的。人通常没有总体规划，只是注重生活小节。射手首先要确定目标，然后才考虑用哪种弓，用哪种箭，使多大的力。我们的教条往往不着边际，无的放矢，说得再多也是空话。航海的水手没有确定自己的航向，确定风向又有何用？索福克勒斯的儿子指控他没有治家能力，而他创作的悲剧却证明他完全有治家的能力。

帕洛斯人前往爱尔兰管理岛上行政事务。他们首先查看那里农田耕种最好、农舍建筑最佳的农户，并记下这些农户的名字。然后他们召集岛民开会，宣布任命这些人做新一届的总督和行政官员。他们认为，能够打理好私人事务，便能管理好公众事务。但是，我认为，人群是个混合体，由各色人等组成，各人的情况不尽相同，各人的做法也就各不相同。用这种方法做好了这件事情，并不等于用这种方法可以做好一切事情。

一个人凡事都能始终如一，实属不易。——塞内加

即便是野心，也会使人显得勇敢、节制和慷慨，甚至会显得公平正义；贪婪会激发一个庸庸碌碌的小店员奋发图强，远走他

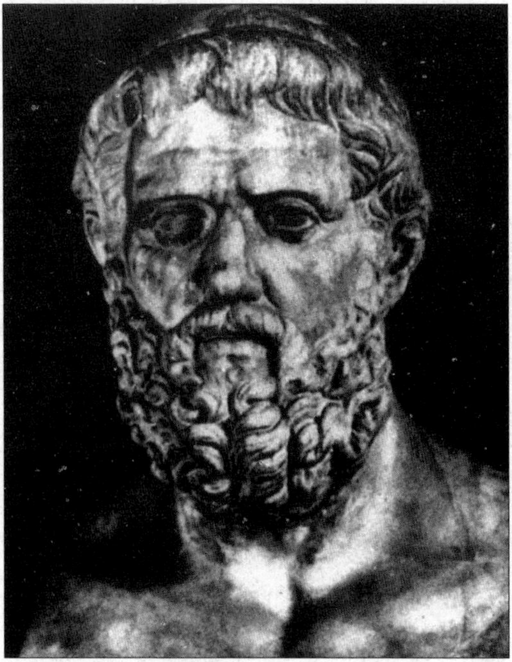

索福克勒斯是古希腊三大悲剧作家之一，代表作有《俄狄浦斯王》、《安提戈涅》等。《俄狄浦斯王》是索福克勒斯最出色的作品，也是“命运剧”最典型的代表。

《索福克勒斯》| 古希腊雕塑

乡，不辞劳苦，不畏艰险，勇敢而谨慎地在江湖上闯荡；情欲不但会鼓足少年的勇气和信心，使他不怕任何折磨和惩罚，而且同样会使娇生惯养的少女变得异常坚强。

姑娘随爱神引领，
躲过哨兵的视线，
独自一人消失在黑夜之中，
奔向她心神向往的情郎。

——提布勒斯

仅以一时一事的表象判断一个人，不足以概括一个人的全貌。由表及里深入到人的灵魂深处，才能看清他的真正动机。然而，这样做未必就能奏效，因为人的内心世界深不可测，窥测人心往往得不偿失，自讨没趣。这种事情还是少做为妙。

《奥古斯都·恺撒》| 古罗马雕塑

第27章
论授勋

奥古斯都·恺撒的传记作者们都会留意到，恺撒带兵打仗，对有功劳的将士赏赐非常慷慨，对授勋却十分吝啬。然而，他本人在上战场之前，已从他叔父那里享受过这样那样的军功勋章的荣耀。授予荣誉称号，是一项奇妙的发明，世界上大多数政府都乐于使用这项非凡的发明。把某些毫无实际价值的东西，授予那些德才兼备、功勋卓著的人，如月桂树枝花冠、橡树枝花冠、桃金娘树枝花冠、特制的服饰、乘车在街市上兜风、夜间举火把张扬、公共集会的贵宾席、某种别致的称号和头衔，还有表示殊荣的臂章，以及诸如此类的东西，林林总总，花样繁多，不一而足，视其民族的习惯和喜好而定，一直沿用至今。

我们法国也和周边几个邻国一样，设立了骑士勋章。这不能不说是一个两全其美的好办法，一方面那些杰出人士的丰功伟绩得到了社会的公认，另一方面颁发一个小小的勋章就能使受勋者志得意满，既不会增加民众的负担，又不会让国君破费钱财。何乐而不为？纵观历史，古往今来，多少优秀人物翘首以待这样一枚勋章，却不屑于得到更实惠的物质利益，其中大有文章可做。单纯的荣誉如果被钱财掺进来一搅合，这份荣誉就会不同程度地受贬损，影响了它的纯洁性。圣米歇尔勋章在我们心中的崇高地位经久不衰。它的价值不在于实用，也不在于交流，它的价值绝无仅有，不可类比。往时的贵族绅士对它趋之若鹜，梦寐以求，胜过追求任何名利地位。没有任何身份地位比它更受景仰。为了得到这份纯粹的荣誉，付出一切代价也在所不惜。确切地说，荣耀比实利更令人神往。因为，说实在的，其他奖赏没有那样尊贵。无论何人在何地干何事，都可得到相应的赏赐。钱财可以赏

骑士授予礼

图中一位武士在接受骑士荣誉称号，为他主持授予礼的是一个美丽的女主人或女王。

给仆人，可以赏给勤快的信使，赏给跳舞的、杂耍的、拉皮条的，赏给平庸的官吏，甚至可以赏给做坏事的人，还可赏给马屁精，赏给背信弃义的卑鄙小人。所以，美德尊称不比其他寻常东西，随随便便就可赏赐于人。获此殊荣者，必须是罕见的英雄人物。奥古斯都不肯轻易授勋，正是鉴于这个道理。

分辨不出坏的，难道会分辨得出好的？——马尔希埃

一个人教育他自己的孩子，无论他多么尽职尽责，我们不会嘉奖他，因为这是寻常人该做的寻常事，就像一棵树，无论它长得多么高大，只要它是长在森林里，和所有的树一样，也就显不出它的高大。斯巴达人不会为自己个人的顽强而感到特别的自豪，因为顽强勇敢是整个斯巴达民族的特性。重义轻利也是如此。一种良好的品行，已然成了风气，人人都是如此，个个都是一样，难道还会挑出某一个人来赞扬吗？

荣誉称号的价值所在，正是只有为数极少的人才能享此殊荣。如果荣誉称号随意授予人，那就等于没有授予。现时佩戴勋章的人比旧时多了起来，说明现在的人更看重勋章和荣誉。在战争中获取勋章要比在平常容易得多，其他德行比之英勇献身略见逊色。然而，更有一种德行——真诚、完美、达观，用通常的话来说，比打仗还要顽强。那是一种精神的力量，是自信，是果敢，是沉静，是坚韧不拔，是无所畏惧，是一切德行中最高贵的德行。从我们内战的经验教训中可以看到，我们整个民族需要的正是这种德行。在这严峻的时刻，它能让我们团结起来。天主教徒和胡格诺教徒，各派各界人士，万众一心，众志成城，把我们的热血抛洒在我们共同的事业之中，重振先人之军威，使之更加

发扬光大。可以肯定地说，从前授勋不仅仅是尊敬勇敢，它还有更深远的含义。它奖励的不是匹夫之勇，而是将帅的深谋远虑，高瞻远瞩。服从命令不配享有如此高贵的荣誉。卓越的战功取决于军事人员全面的素质和杰出的军事才能。

士兵的才能不可与将帅的才能同日而语。——李维

现在，争取荣誉的人与日俱增，但是，依我之见，授勋宁少勿滥，宁可让它虚位以待，不可让它失去作用。佩戴勋章的人多了，能人志士不会因为与泛泛之辈同受此勋而感到荣耀；无能之辈则会因为得不到勋章而贬损勋章的价值。

要想消除滥发勋章的隐患，就得废除原先的勋位。而在短期内制定一个众望所归的新勋位，恐怕在这人心混乱的时代是行不通的。若是强行颁布新的勋位，势必在颁布之日就会引发刚刚废除的勋位所有的弊病。新的举措意在重树荣誉之威望，重树荣誉之威望就必须厉行严格的规章制度。但是，在这世风日下、人心不古的年代里，要想将人引入正轨谈何容易！此外，在新的规矩被认可之前，老规矩的影响必须彻底消除，不留余地。

本想就勇敢以及勇敢与其他美德的区别多说几句，但普鲁塔克已经多次论及此话题，我就不再重复了。然而，值得一提的是，我们国家把勇敢视为最高尚的美德。“勇敢”一词源于“价值”，依照我的看法，一个人有没有价值，在于他是否勇敢。用我们宫廷的官话来说，某人有价值即是某人很勇敢。类似罗马人称谓的“美德”一词，由“活力”、“力量”变形而来。法国贵族是靠战争起家的，打仗拼杀首先要勇敢，勇敢理所当然地被视为第一美德。强悍勇敢的人征服了懦弱胆小的人，登上了特权的

公元前360年，罗马中央广场裂开一个无底洞。神谕说：须把罗马最宝贵的东西扔进去，洞才会合上。战功赫赫的马尔库斯·库尔提乌斯认为，最宝贵的东西是他自己，于是他冲进洞里，洞随之合上。

马尔库斯·库尔提乌斯的献祭

宝座，显赫荣耀。由此，勇敢便获得了高贵的称号。或许是那些好战的民族离不开勇敢，便把它列于美德之首，放在最显赫的位置上。正如我们所酷爱的女人，我们会很在乎她的贞操。一个好女人，一个有价值的女人，一个有德行的女人，最重要的莫过于“贞操”二字。只要她能够谨守贞操，其他缺陷都是小事一桩，微不足道。

冥王哈得斯与妻子珀尔塞福涅

第28章
逝者如斯

死亡，无疑是人生最值得关注的事情。但是，当我们看到别人死去的时候，我们很难相信自己有这么一天，或者说离这一天还很遥远。即便是死到临头，我们也不肯相信这就是自己最后的时刻。我们会一相情愿地以为，那是不可能的，怎么会就这样死去呢？一个声音在耳边萦绕不息：“好些人病得更加严重，也没有死去，何况你还不至于此。就算你已病入膏肓，上帝也会给你带来奇迹。”我们总是过高地估计自身的价值，以为我们的消失是世间重大的损失，老天爷不可能眼睁睁地看着我们就这样一去不复返。我们常常有一种错觉，以为周边的事物晃晃荡荡，并不确切，其实是我们自己的心在晃荡，就像置身于波涛起伏的海上，我们看到山脉、田野、城市、天空和大地都在不停地摇晃。

我们驶出港口，
城市和大地渐渐模糊，渐渐消失。——维吉尔

谁不曾怀念过去的美好时光？谁不曾抱怨今日的伤痛？谁不曾怨天尤人，把自己的错误和不幸归咎于外部环境和别人？

老农摇头晃脑，唉声叹气：
今不如昔，今不如昔！
还是父辈福气好，
可望儿孙来孝敬。——卢克莱修

我们总想万事万物遂己心愿，以为老子天下第一。如此重中之重的人物，不会轻易就死去，好像是天上的日月星辰，永远不会消逝。

众神都在为他一人操劳费心。——塞内加

我们越是这样想，就越是觉得自己举足轻重，非同小可。

《卢克莱修作品集》| 法文版封面

“什么如此之多的学问一旦消失，那是全世界的巨大损失，命运难道不对此特别慎重地考虑？什么如此罕见的优秀人物，岂会像无所作为的庸人那般说死就死？这条生命，有多少人依赖它而生存，有多少人依靠它而受益，它发挥着如此重要的作用，占据着不可或缺的位置，怎么可能像鸿毛那般，轻轻地一吹，就可以把它吹落？”没有人不把自己看得高于一切。面对大海的惊涛骇浪，恺撒对心惊胆战的水手讲出了更加惊心动魄的话：

如果你怕上帝不能保佑你，
我就是你的依托，
跟随着我，你会万无一失，
前进吧，向意大利挺进。——卢卡努

另有一段：

恺撒此时意识到，
在惊涛骇浪中颠簸，是他的命运，
“什么！”他说，“诸神也在千方百计地推翻我？
纵使他们翻江倒海，也休想掀翻我的小船。”——卢卡努

有的街谈巷议居然荒谬地说，恺撒死后的一年间，连太阳都阴沉着脸，仿佛是在为他戴孝服丧。

恺撒死，太阳把乌云穿在身上，
戴孝服丧，向罗马表示哀悼。——维吉尔

类似的传闻数不胜数。说到这类事情，我们常常是宁可信其有，不可信其无。人总是有意无意地把自己的利害和整个世界连成一体，深信自己的行为能够感天动地。

天是天，人是人，

日月星辰还不至于因为我们的死而哭泣。——普林尼

判断一个身临险境的人是否勇敢坚定，要看他是否意识到自己确实处于危险之中。如果他意识不到危险而死于险境，就不能说他是勇于献身，如果他明知必死无疑而不避死，那就另当别论。大多数人都喜欢搏得临危不惧的美名，言谈举止中常爱表现出无所畏惧的精神。我看到的那些死去的人，大多是由命运所决定，很少有人精心策划自己去死。即使是存心自杀的古人，也还有当机立断和犹豫不决之分。那位残忍的罗马皇帝说，他要处死一个囚犯，不会立即就处死，而要使他深感自己必死无疑，让恐惧慢慢地把他折磨致死。如果某人在监牢里自杀，他说："这个人就算是逃脱了我的刑罚。"

我们看到那些伤痕累累的身体，
没有一处伤痕是致命的，
残忍就残忍在这里，
置人死地却不让人死去。——卢卡努

其实，一个人在身体健康、心平气和的时候，做出自杀的决定，并不是一件什么了不起的事情；一时心血来潮，想入非非，设想自己如何死得顺心一点，这也不是什么难事。例如埃拉加巴卢斯，这个全世界最阴阳怪气的人，活着的时候荒淫糜烂，到了非死不可那一天，死也想死得精美绝伦，才不至于辜负他人生一世。为此，他建造了一座豪华的塔楼，塔面和塔底都覆盖着饰有纯金和宝石的厚木板，准备临死之前从这里跳下；他还备下了用金丝和红绸编织的绳索，到时勒死自己；他另外又打造了一把金剑，打算自刎；他把毒药盛进绿宝石和黄玉制作的容器里，准备

画面中，生者和死者一同挤在筏子上，回答绝望的呼喊的只有茫茫海水。这是一幅关于人的命运的作品，直接影响了德拉克洛瓦的《但丁之舟》。

《美杜萨之筏》 丨 法国 丨 席里柯

服毒等等，为自己设想了一系列的自杀途径。

一种不得不死的决心和勇气。——卢卡努

然而，像这种优柔寡断的人，把自杀的途径考虑得那么周全，真到了要自杀的那一天，他又会觉得这些方法都不理想，必须想到更理想的才能动手。但是，那些决心更大的自杀者，也要看那一击是否一举成仁，他有无时间去感悟最后的生命；若是他感悟到生命渐渐地消失，灵魂悄然离开肉体，他是否会后悔，他是否还会义无反顾地朝着这条绝路走下去，那就不得而知了。

在恺撒的内战时期，卢西乌斯·多米提乌斯在阿布鲁齐被抓捕。他服毒自杀，接着就后悔了。在我们这个时代，某人决意一死了之，他第一刀下去未中要害，似乎他的生命对他的决心稍有抵触，接着又是两刀、三刀下去，除了增两三处伤口外，仍然未能完成自杀的任务。普劳提乌斯·西尔瓦诺斯被关押审讯，他的祖母乌尔古拉尼娅带给他一把匕首，他对自己下不了手，只好令其仆人把他的静脉血管割断。提比略时代，阿尔布西拉自杀，因下手不力，杀不死自己，结果还是被他的敌人关进了监狱，被慢慢地折磨死去。大将军迪莫斯西尼兵败西西里，也是同样的下场。菲里布里亚杀不死自己，便请仆人结束他的生命。奥斯托里乌斯则别出心裁。他不劳自己动手，也不屑于仆人动手，而是让仆人握牢匕首，自己朝刀尖扑去，断喉而亡。这就像吃东西，不经咀嚼就一口吞咽下去，不识其味便吃进肚里了。还有阿德里安皇帝，他命医生在他乳头旁致命的部位标上记号，然后叫医生照着这里一刀下去，快捷方便。有人问恺撒，哪种死法是最理想的死法？恺撒答道："突然而至，始料未及。"连恺撒都这样说，

《苏格拉底之死》 | 法国 | 雅克 · 路易 · 大卫

我想，怕死也算不上是懦弱。“突然死去，”普林尼说，“是人生一大快事。”没有哪个人对死亡很感兴趣。任何人都不能说，他眼睁睁地看着自己死去是一种快乐，是他早就想要这样子的。我们看到，那些被处斩的死囚催促刽子手快点动手。这并不能说明他们不怕死，只能说明他们非常怕死，怕得连多停留一刻都不愿意。

我不怕死，但我并不想死。——西塞罗

以我的经验看，像闭着眼睛掉进海里一样，对看不见的危险而勇往直前，算不上是英雄好汉。

真正令我钦佩的是，苏格拉底居然在整整三十天的时间里，反反复复地思考强加于他的死亡判决，对生还的希望满不在乎，无动于衷。他心平气和地面对死亡，言行举止表现得轻松自如，对生与死的选择漠不关心。他的确是看透了生死，没有任何东西能够扰乱他那颗平静的心。

常与西塞罗有通信往来的庞波尼乌斯·阿提库斯，病情越来越严重，便把他的女婿阿格里帕和他的几个至交好友叫到身边。他对他们说，他已想尽办法医治自己的病，但一切努力都是徒劳。他尽心竭力地延长自己的生命，结果只是增加自己的痛苦。为此，他决定用结束生命的方式来结束无边的痛苦，请他们务必尊重他的决定，切勿采取任何措施使他回心转意。然后，他开始绝食，但是，他的疾病却因绝食而得以治愈。他本打算用绝食的方式来结束自己的生命，没想到绝食却使他恢复了健康。医生和朋友们十分高兴，跑来向他道贺，但令他们更加惊讶的是，他们空欢喜了一场。他说，他既然已经朝着这个方向走去，而且又走了这么远，他不愿意再走回去，那一天迟早是要来到的，免得下次再辛苦走一回。这种从容就死的人，不但敢于走向死亡，而且善于理解死亡。既然已经满怀信心去战胜死亡，他就要勇往直前，战斗到底，绝不半途而废。这跟不怕死相去甚远，这是在体味死亡，欣赏死亡。

哲学家克利安特斯的故事与此十分相似：他的牙床肿痛化脓，医生叫他暂时不要进食。他忍住饥饿，坚持了两天之后，牙病有所好转，可以正常进食了。但是，他在禁食的过程中，感觉到一种前所未有的温馨，这种感觉如梦如幻，甜甜蜜蜜。他陶醉在这种感觉之中，留连忘返，不愿再回到原来的生活中去。就这样，他沿着这条路一直走了下去。

一位名叫留斯·马尔塞利努斯的罗马青年身患重病。尽管医生说他的疾病可以治愈，只是需要时间忍耐和等待，他还是想要提前走完他的人生历程，摆脱那难以忍受的疾病。为此，他请朋友们替他出谋划策，以期找到一个最佳途径。塞内加说，有的朋友以妇人之仁劝慰，有的朋友投其所好地为他想出各种办法。一位斯多葛派哲人却对他这样说道："不要把你本人看得太重要，马尔塞利努斯，这事没有什么大不了的。活着本身并不重要，你的奴仆和牲畜也是活着，关键在于死得要有气派，表现出明智和坚定。你不妨想想你的生活是怎样度过的，无非就是吃了便睡，睡了便吃，反反复复如此循环。不仅仅是疾病使人难以忍受，无聊的生活也足以让人想到去死。"马尔塞利努斯需要的不是什么建议，他需要的是真正的支持。仆人们心慌意乱，生怕自己被牵连进去。这位哲人对众仆人说，主人之死，要看他自愿与否，不可能无端地怀疑他人别有用心。同样，妨碍他痛快地死去，比杀死他还要冷酷，因为：

不让想死的人死去，

比杀死他更加残忍。——贺拉斯

接下来他又对马尔塞利努斯说，当宴席散去之后，我们会给侍者一些赏赐，不至于有失体面；当我们走到人生尽头的时候，更应当把我们的钱财分发给我们的仆人。马尔塞利努斯为人慷慨大方，他毫不犹豫地把钱财逐一分给他的仆人，并好言劝慰他们。他决意离开生命，但他并不需要刀剑，他无需流血，因为他不是匆匆逃离生活，而是有意体验死亡。他要从容不迫地慢慢体味这段不可再来的时光。他开始绝食，不吃任何东西。三天以后，让人在他身上喷洒温水，就这样，他渐渐地进入虚无缥缈的状态，如他自己所说，有一种飘飘欲仙的感觉。

的确如此。在这种虚无缥缈的意境里，如那些曾历经此境的人所说，没有任何痛苦的感觉，只有快慰和对未来世界的想往，如同在仙境中渐渐进入安谧的梦乡。这便是迎接死亡的人对生命最后一刻的切身体会。

加图在他生命的最后时刻义无反顾，同样为世人树立了一个完美的榜样。他面对死亡无所畏惧，说死就死，不留余地。假如让我来描绘加图死后的形状，我想，那定然是一具被他自己撕得血淋淋的尸体。因为他那握剑的手没有一举成全他的意愿，他必须再来一次，而这第二次的自杀，要比第一次更加勇猛，更加坚定。

《两面人》 | 西班牙 | 达利

第29章

金无足赤

金无足赤，人无完人。世上没有纯粹单一的东西可以为我们所用。金属类如纯金，若不掺入其他物质改变它的性质，就不能制成我们所需要的物件。无论是崇尚简洁纯朴生活的阿里斯顿、皮浪以及斯多葛派学者，还是主张及时行乐的昔兰尼派和亚里斯提卜，都不可能有纯粹单一的生活。幸福快乐总是和痛苦烦恼相辅相成的。

甘泉夹带着苦味，

花开伴随着花落。 ——卢克莱修

最快乐的心境也总免不了有那么一丝愁绪，你难道会说快乐因此就消失了吗？不，我们能够想象得出多少快乐，同时也能够想象得出多少与之相应的烦忧的词汇，如：倦怠、幽忧、茫然、晕眩、腻烦，等等，足以证明它们水乳交融的关系。追求完美无瑕的快乐，严肃多于活泼；满足到不能再满足的时候，只会感到索然无味，哪里还有渴望的欣喜。

快乐到了极点，

就会走向它的反面。 ——塞内加

“快乐在吱吱嘎嘎地把我们折磨”这句古希腊诗文的意思是说，上天给我们的幸福是卖给我们的，不是白白送给我们的，我们付出的代价别无他物，正是我们的痛苦。

劳动和享乐本来就是两个不同的概念，不知为何缘故它们却又紧密相连。苏格拉底说，有位神仙想把痛苦和幸福合而为一，却也始终不能如愿，只好把它们的尾巴拴在一起。梅特罗道吕斯说，忧伤和喜悦如影随形。此话怎讲，我无从推测。我以为，憧憬、认同和满意总是伴随着忧郁。放下野心姑且不说，就事论事

塞内加

而言之，悲中总是有喜，苦中总是有乐。喜怒哀乐互相排斥又互为动力。

眼泪将人抚慰。——奥维德

塞内加信札中的阿塔罗斯说，故人涌上心头，那是忧伤的慰藉。陈年老酒的苦味，其味更醇更香。

老弟，给我倒上苦味最浓的法勒纳斯陈酒。——卡图鲁斯

甜中带酸的苹果，食之更加有味。

矛盾存在于一切事物之中。你看那画家，在同一张皱巴巴的脸上，可以表现为哭，也可以表现为笑；在这幅画还未画完之前，你很难断定他要画的是一张哭脸还是一张笑脸，因为两种表情都有同一趋向，大笑不止就会流出泪水。

没有痛苦得不到补偿。——塞内加

若一个人沉浸在极度的快乐之中（他的每一根神经每一个细胞都被高度的类似于性快感的兴奋紧紧绷住），全身心与巨大的欢乐融为一体，这种纯粹的、持续不断的、完完全全的快乐，他能够坚持多久？他定然会败下阵来，逃之夭夭，如同站在一处无法站稳的险境，不跑快点就会栽倒下去。

当我虔诚地在心灵深处忏悔时，我会看到，即便是最高尚的品德也有缺陷。恐怕柏拉图在他最理想的德行中（我和其他人一样，真心实意地看待这种美德），只要把耳朵贴近自己的心仔细听一听，也会听到一些杂音。只是这杂音太微弱，只有他自己才能听到。总而言之，人不可能绝对单纯，也不会绝对不纯。即使是铁面无私的法律，公正之中也有不公正。诚如柏拉图所言，他们整顿法治，如同斩九头蛇妖之头，砍掉一个又长出一个。

有的惩罚对个人不公，然而对社会有利。　　——《编年史》

同样道理，无论是个人生活还是社交往来，若是一味追求纯洁无瑕，就会要求苛刻，看破红尘。世俗生活不可能样样事情尽如人意，得饶人处且饶人，该糊涂时便糊涂。凡事不可斤斤计较，应当识大体，顾大局。我们看到，一些才不出众，貌不惊人的人，办事顺顺当当，处处逢缘。深奥的哲理不适用于普通的人际关系。才思太过敏捷，锋芒过于显露，是人与人之间沟通交流的一大障碍。我们为人处事，大可不必患得患失，忧虑重重，而应顺其自然，安于天命。对一件事情没完没了地深究其因，如同把一团乱麻塞进自己心里，越解越乱。

他们越是处心积虑，事情越是没有头绪，

茫茫然不知如何是好。　　——李维

这是古人用来形容西摩尼德斯的一段话。希伦国王问西摩尼德斯，上帝是什么？他冥思苦想了好多天，想出了好几个高妙的答案，但是，想来想去，始终难以确定哪个答案最为圆满，最后只好无可奈何地放弃这个问题。越是想面面俱到，就越是拿不定主意。杀鸡何须用牛刀？真是小题大做，弄巧成拙。精明强干的人大多都不轻言；而说话头头是道的人往往一事无成。我认识一位这样的人，他谈起勤俭持家来振振有词，而他可观的年薪收入总是花得分文不剩。我还认识另外一位夸夸其谈的人，他说话从不让人，总是自以为是，听不进别人的意见，俨然一副无所不知、无所不能、老子天下第一的派头；而真的干起实事来，据他的下属说，可要另当别论；那些糟糕透顶的事就更不用提了。

《奥斯曼帝国首相兵败贝尔格莱德》丨 弗兰西斯科·阿格内利

第30章

物要防烂，人要防懒

韦斯巴芗皇帝病得奄奄一息的时候，仍然念念不忘国家大事，抱病坚持工作，不敢有半点疏忽。医生责备他不该如此不顾死活地工作，他说："一个皇帝，自当鞠躬尽瘁，死而后已。"壮哉！这正是我所景仰的帝王。继韦斯巴芗之后的阿德里安皇帝同样以此言作为自己的座右铭。做皇帝的应把此话牢记于心，时刻不忘自己肩负的重任；这重任系万民安危苦乐于一身，不是随随便便的一个闲职。身为人主，如果只顾着自己寻欢作乐，沉溺于声色犬马而疏忽朝政，轻视人民，势必遭到人民唾弃，不愿为他效力卖命。

有人认为，身为一国之君，犯不着要去驰骋疆场。不少重大战役证明，把指挥权交给手下战将，并不是非败不可；而君王亲临战场，往往是成事不足，败事有余。但是，大智大勇的君王绝对不会容忍如此有损帝王尊严的陈词滥调。把国君仅仅当作一个偶像供奉着，凡事以国王的平安健康为重，只让国王养尊处优，不让国王操心劳神，这样等于剥夺了他所有的权力，宣布他没有任何理政能力，连战争也无能指挥。我听说有一位国王，他宁愿亲赴战场，不辞劳苦，不顾安危，也绝不愿意坐享他人带来的胜利果实。听到别人在战场上英勇杀敌，屡建奇功，他就会面红耳赤，为自己未能与热血将士同赴战场奋勇当先而深感遗憾。谢里姆一世说，一场战争的胜利，若不是君王亲临战场，总不免有点缺憾。此话不无道理。这些话进一步阐释了一个君王的责任感和荣誉心。既为人主就应身先士卒，吃苦在前，享受在后。君王未能亲临战场，理应感到惭愧，而不要自以为高高在上，就可以心安理得地指手划脚，高谈阔论，坐享其成。真正的荣誉要凭

《韦斯巴芗》 | 古罗马雕塑

借自己的真才实干，出生入死，真刀真枪地搏取。现在的君王难得再有如此观感。靠战争发家的奥斯曼皇室一族，最热衷于奔赴战场打硬仗；继巴耶塞特二世之后的君王，一代一代地疏于战事，勤于附庸风雅，消遣享乐，致使其帝国屡受外辱，风雨飘摇；往后的阿穆拉三世，一如继往地长此下去。英格兰国王爱德华三世评价我们的查理五世时，这样说：“从未见过像他那样少穿戎装的国王，也从未有哪个国王像他那样使我省心。”此等奇谈怪论，并非一时心血来潮，信口开合。有的人认为卡斯蒂利亚的国王和葡萄牙的国王是征服者中的英雄人物，因为他们足不出户便能遥控指挥千里之外的将领，成为印度的主人。我不认同这种观点。若不亲临其境，过关斩将，浴血奋战，岂能体会到征服者的荣耀？

尤里安皇帝说得好，一个有识之士，一个英雄好汉，绝不会只满足于吃喝拉撒和衣食住行，他要步入人生更高的境界，献身于人类光辉灿烂伟大正义的事业。人应当不懈地劳作、训练和学习，不可把汗水流在繁琐小事上面（古代斯巴达人如此教诲年轻一代，色诺芬亦如此教导波斯青年）。塞内加的说法大同小异：古罗马人只教孩子们站着，从不教他们坐着。

不愿跪着生，但愿站着死，这是一个勇士的壮烈情怀，要死得其所，像条汉子。但是，天意弄人，结果往往并非如此。多少人投身沙场，立下宏愿，不成功，便成仁；到头来仍然落得个尽不如人愿，身负重伤，被俘囚禁，身不由己地任人发落。疾病同样会摧残我们的意志和愿望，扭曲我们的理想和理智。命运不会屡屡成全像罗马军团“不成功，便成仁”那样的誓言。

我将凯旋而归，马克斯·费比乌斯，

一位征服者起誓：

如果我失败，

甘愿领受天父朱庇特、战神马尔斯及诸神

最严厉的惩罚。

——李维

葡萄牙人说，在被他们征服的印度某个地方，他们遇到这样一群战士，这些战士念着咒语，发着毒誓：要么就死，要么就胜；并且把他们的头发和胡须剃得精光，表示或死或胜，不留余地的誓言。那些把自己置身于死地的死硬分子，刀枪箭石似乎长了眼睛，偏偏不往他们身上去，就是不肯成全他们的意图。奔赴战场的热血战士，抱定誓死一战的决心，要么战胜敌人，载誉归来，要么死于敌手，献身沙场。菲利斯，小狄奥尼修斯的一员海军将领，在对叙拉古人的海战中，两军兵力旗鼓相当，战斗异常激烈。菲利斯猛攻猛打，先发制人，初战告捷；叙拉古人随机应变，采取分片合围的战术，致使菲利斯首尾不能相顾，孤立陷入重围。菲利斯寡不敌众，行将被擒，在这千钧一发之时，他拔剑自刎，慷慨就义，让敌人生擒他的企图化为泡影。

前不久，菲斯国王米尔·摩洛克大败葡萄牙国王塞巴斯蒂安，此次战役以连毙三个国王而闻名，葡萄牙王权也移交给了卡斯蒂利亚王国。早在葡萄牙人武装干涉菲斯王国的时候，摩洛克已身患重病，而且病情日渐恶化，自觉来日不多，死期将至。但是，他却以异乎寻常的勇气和毅力面对人生最严峻的时刻，度过了一重又一重的难关。他体弱多病，未能出席声势浩大的进驻庆典仪式，便将这份荣耀的使命托付给他兄弟。然而，他从未把至

《从罗马建城谈起》| 李维

本图是古罗马历史学家李维的《从罗马建城谈起》中的一页，取自14世纪的一个极富威尼斯特色的版本。

关重大的指挥权交付于任何人。他虽然身卧病榻，体力衰弱，而他的头脑却异常清醒，意志十分坚定，能轻而易举地给贸然入侵之敌以毁灭性的打击。他自知来日不多，而一时之间又物色不到可以替补他的人选，唯一可行的就是，不惜一切代价，以雷霆万钧之势，迅速歼灭入侵之敌，赢得战争的胜利。他巧妙地诱敌深入，断绝了敌人来自非洲海岸的后援，在他生命的最后时刻，赢得了最辉煌的胜利。不可一世的入侵之敌在他们年轻气盛的国王率领下，长驱直入，自以为稳操胜券，不料陷入敌方的重重包围之中，进退不得。包围圈越拉越紧，入侵之敌左冲右突，溃不成军，互相践踏，未及战斗结束，已自相踩死无数。

溃不成军，无路可逃，只能坐以待毙。

入侵者像肉团子似的堆在一处，任由获胜者肆意砍杀。摩洛克一息尚存，战斗不止。他命人抬着他穿梭于阵地之间，哪里最需要他，他就急忙赶到哪里去。他沿着阵列，激励将士。他巡视着战线，哪里最危险他就奋不顾身地扑向哪里。当他看到敌兵就要突破一道防线时，他急不可耐地跨上战马，手握宝剑，拼死堵住敌人的逃路。随从们拦不住他，只好鞍前马后扶持着他向前冲杀。这最后的一次拼搏，终于耗尽了他所有的元气。临终之时，他把手指默默地放在唇边，示意在场的人保守他已离开人间的秘密，以免他的战士丧失斗志。垂死之人尚且如此雄才大略，深谋远虑，实在令人慨叹不已。

面对死亡不惊不恐，不忧不虑，从容不迫地过完该过的日子，像加图那样，临死之前，好好地睡上一觉，享受人生最后一刻安宁的时光。

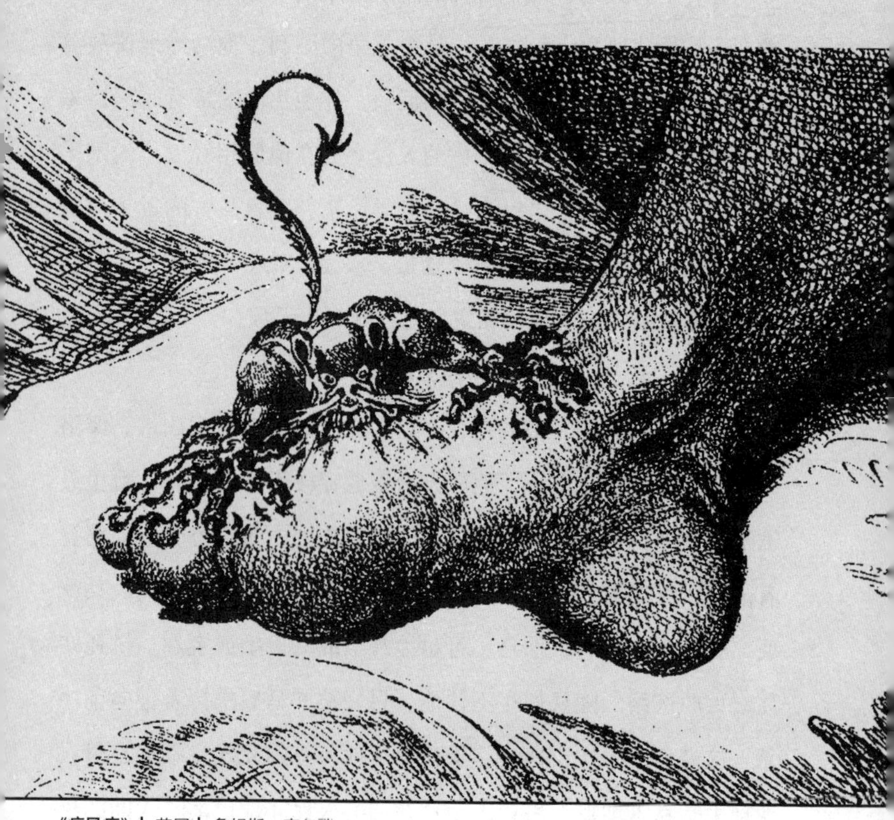

《痛风病》| 英国 | 詹姆斯·吉尔瑞

第31章
论无病呻吟

马提雅尔是一位优秀的讽刺短诗作家，在他的诗作中，有一首诗笔调轻松却又发人深省，说的是凯利乌斯的故事。凯利乌斯不愿意讨好罗马的达官贵人，不愿一早就等着他们起床，不愿陪着他们东跑西跑，但又不能得罪他们，只好假装患有痛风病，把药膏涂在腿上，举止表情都装得真是得了痛风病的样子。结果弄假成真，他果然得了痛风病。

装病的威力居然如此神奇，

凯利乌斯装病得病，往后不用再装病。——马提雅尔

阿庇安的作品里也有类似的故事。某人被罗马三巨头剥夺了公民权，为了逃避政治迫害，他便改头换面，假扮成一个独眼龙。后来，他逐渐地恢复了自由，但是，等他解开缠在眼睛上的药膏时，他才发现，装瞎的那只眼睛完全失去了视力。眼睛长久闭而不用，很可能就会视力衰退，最终导致完全失明，或者是这只眼睛的视力跑到另一只眼睛上去了。当我们蒙住一只眼睛看东西时，我们明显地感到，未蒙住的那只眼睛视力就有所增强。这种现象表明，不用视力的眼睛把自己的视力让给了使用视力的那只眼睛。马提雅尔提到的那位假装痛风病的人，由于长期不活动，肌体抗病能力渐渐丧失，加上药物作用和心理作用，引病上身是自然而然的。

傅华萨记述了这样一段故事。一帮出征法国的英军青年绅士，以蒙住左眼为誓，不在法国建功立业，誓不摘下眼罩。读到此处，我忍俊不禁，想到那帮青年为了博得情妇的欢心，立下此等滑稽的誓言，等到建功立业回见情人，个个都成了独眼情郎，岂不快哉！

做母亲的一旦看见孩子装扮独眼，斜眼看人，或者模仿跛子以及其他不正常的特征，便会急得暴跳如雷，立刻严加训斥，及时制止。因为孩子身体柔嫩，难以抵挡不良倾向的侵袭，而且处于生长发育阶段，稍不留意就会养成不良习惯。俗话说，好事难成，坏事易就，心里成天想到得病，说不准哪一天就真会得病。我就听人说过几回，一些人无病呻吟，到头来真是得了他们想象的那种病。我无论是骑在马上还是走在路上，总是喜欢携带一根手杖，觉得这样显得有点风度。亲朋好友警告我说，如此爱好终有一天会变成真正的需要，长此下去，我将会成为我们家族中第一个痛风病患者，要靠着手杖才能下地行走。

此类轶事还有不少。据普林尼记载，某人在梦中梦见自己眼睛瞎了，第二天早晨醒来，眼睛果然瞎了，而此前从未有过任何眼疾方面的征兆。我想，这可能是想象力所致，普林尼也是这样认为的。但是，从医学角度看，也许是眼疾早已藏身，尚未发作，而正待发作之时，恰好由这个梦给引发出来了。我相信，医生准能解开他眼瞎之谜。

让我再讲一个故事。那是塞内加在写给卢齐利乌斯的信中提到的，“你知道，”他这样写道，“哈帕斯特，我妻子的小丑，这个令我十分厌恶的怪物，却是她们家族的传统娱乐方式。如果我想要寻小丑开心，完全不必去那么老远找一个来，在我自己身上寻乐就足够了。这个小丑忽然间失去了视力，我告诉你一件怪事，她却全然不知。这事一点不假，她无休止地缠着管她的人，带她出去走走，她说屋里太黑了。我们全都嘲笑她，但我请你务必相信，类似的事情确实发生在我们每一个人身上。没有任何一

《在研究动物图片的老普林尼》 | 16 世纪的雕塑

个人明白自己利欲熏心，早已把自己的心熏黑了。瞎子请求别人为他引路，我们自己却把自个儿引向了歧途。我们都说，我没有野心，但在罗马生活又不能不如此；我并不是挥霍浪费的人，但城市生活开销太大；如果说我没有教养，出言不逊，出口伤人，说我没有生活目标，那也不是我的错，那是青春时期种下的种子。我们的病不在外表，而在内部，它已深入骨髓，让我们感觉不到。这种深入骨髓却不自知的疾病，最难医治。如果不及早诊治，病情不就越来越重，罪孽不就越来越深吗？要想医好这种疾病，最好的药物是哲学。治病首先要治好心病，其他疾病才有可能得到治疗。心病一除，我们自然就会轻松愉快，其他疾病便会迎刃而解。”塞内加讲的这些话，把我引入了另外一个话题，这个话题使我受益非浅。

《穿了一件袈裟当不了僧侣》| 16 世纪漫画

第32章
论怪胎

怪胎的故事，由医生来讲述会更详实一些，我只能讲点表面的现象。前两天，我看见两个男人和一个女人把一个奇形怪状的小孩子放在街上展览，向路人要钱。他们自称是孩子的父亲、叔叔和婶婶。我看那孩子发育还算正常，和其他同龄的儿童一样，能够站立，能够发音吐字。他只吃那女人的奶水，别的食物他一概不吃。我见有人把吃的东西放进他嘴里，他只是嚼了嚼，并不咽下，随口便吐了出来。他的叫喊声跟平常孩子不大一样，有点怪里怪气的。这个孩子刚满十四个月，是个连体婴儿。他的胸脯连接着另一个有身无头的孩子，两具躯体胸对胸地粘合在一起。无头婴儿一只手臂比另一只略短一些，那是在出生时不小心给折断了。看那两个身体胸贴胸粘合在一处，好像是小的那个想要抱住大的那个。他们互相连接的部位约有四指宽，相连的部位在乳头和肚脐之间，稍稍抬起那个无头婴儿，可以看见有头婴儿的肚脐，无头婴儿的肚脐却看不见。无头婴儿的腹部、胳膊、屁股、腿脚等不相连的部分，好像有头婴儿身上的悬挂物，一直悬挂到腿部中间。那女人说，两个身体都会撒尿，都有各自的感觉，除了一个有头，一个体型大点之外，其他部分没有什么太大的差别。这两个身体和几只手脚连在一个脑袋上，对国王来说可是一个好兆头——我们国家的各个部分可以连成一体，置于他的统治之下。此事暂且不议，将来的事情由将来去做结论。

过来之事，
是过去预言最好的解释。 ——西塞罗

如埃庇米尼德斯，专爱推论过去之事。

前些时候，我在梅多克看见一个牧民。此人三十来岁，他的生殖器不外露，只看得到三个孔眼，不停地往外排尿。但他有胡须，有性欲，也想和女人厮混在一起。

然而，上帝的眼光和凡人的眼光则不一样，我们视为可怕的怪物，在他眼里却是自然平常的。上帝造出万物，自有其用意，只是人的目光太短浅，不及上帝那样深远，不知联系和发展地看事物，看不到事物的奥妙与和谐之处。

常见之事他视而不见，

从不关心它是怎样出现。

面对新的事物，

他又总是惶惶然。

——西塞罗

我们把不同寻常看成是不符合自然规律。这种看法恰恰就违反了自然规律。万事万物都有其存在的依据，我们对自己未看惯的新事物，不必大惊小怪，患得患失。

《拍卖奴隶》 | 法国 | 热罗姆

第33章

天差地别话人间

普鲁塔克说，兽与兽的差别远不如人与人的差别；他所指的人之间的差别，是人的心灵与内在素质的差别。的确如此，据我观察，在我熟悉的人当中，拿品质最好的人来与伊巴密浓达相比，也远远比不上他。要让我来说，普鲁塔克还讲得不够准确，依我看，人与人的差别，远比人与兽的差别大得多。

啊！人与人的差别怎么会如此之大！ ——泰伦提乌斯

天有多高，人的差别就有多大。人的差别之大，简直是不可思议，奇怪就奇怪在难以用相应的价值尺度来衡量，不像其他动物那样，有一定的价值标准。我们说一匹马好与不好，只看它健不健壮，脚力强不强，

啊，好一匹骏马，每次比赛，

它都跑得最快。 ——尤维纳利斯

而不会说它的马衣穿得如何；一条猎犬，我们会夸它敏捷矫健，而不会夸它颈上的项圈；一只猎鹰，我们赞赏的是它的翅膀，并不是它的脚铃。为什么我们不以同样的方式去衡量一个人的自身价值？他奴仆成群，住宅豪华，有权有势，年薪丰厚，所说的这一切，都是他的身外之物，不是他的内在品质。你去买猪崽，不会买一只裹在袋子里面不让你看的猪崽；你若要评估一匹马的价值，就得把它身上的马衣剥去，才能看清楚它自身的素质。从前卖给君王的马匹，也穿有马衣，但那是遮住次要的部位，如毛色或臀部，便于购马者把主要的部位，如腿、眼睛、蹄子这些最重要的器官，看得更加清楚：

这是君王买马的惯例，

因为浮华的外表常常会抢占先机，

《人熊相似》 | 查理斯·勒·布隆

把买主的眼光吸引，

而忽视了最重要的马腿和马蹄。——贺拉斯

为什么你评价一个人只留意他表面上的装饰，却不看他的内在素质？你只看到了表面上的装饰，却丝毫看不到这个人实质性的东西。你求一把剑，是求剑刃，并非求剑鞘，如果剑刃不锋利，你就不会花钱买它。看一个人的价值，是看这个人自身的价值，并非看他身外之物的价值。有位年高德劭者幽默地说："你可知道，为何觉得他很高？你把他穿在脚上的厚木板鞋一同算上了。"塑像下面的基座只是基座，它不是塑像。给人量身高，是量人的身体，不是量他脚下的高跷。把钱财和头衔放在一边，就事论事地看一个人，才能真实地看到他的身体是否健康，是否担当得起工作的重任。他的品行如何？正直吗？能干吗？综合素质完善吗？是他内在的品质使人尊重，还是他外表的浮华令人炫目？是能力在起作用还是金钱在起作用？面对刀光剑影他做得到脸不变色心不跳吗？他能安于天命不惧死神吗？他的心态平和吗？他能知足而乐吗？从这些方面去看人，你会看到人与人的巨大差别。他：

聪明睿智，独立不挠，

富贵不能淫，贫贱不能移，威武不能屈，

超然物外，宠辱皆忘。——贺拉斯

如此之人，高高在上，高于任何帝王将相。他就是主宰自己的君王：

聪明人善于把握自己。——普劳图斯

如此之人，夫复何求？

《人牛相似》 | 查理斯 · 勒 · 布隆

人生何求？

求其无病无痛，

求其无怨无忧，

求其自在轻松。 ——卢克莱修

相形之下，那些不伦不类的乌合之众，愚昧无知，心胸狭窄，卑贱低下，朝三暮四，随波逐流，把自己抛弃在滚滚的人流之中，不知自己为何物。不比不知道，一比吓一跳，人与人之间的距离真是天差地别，相去甚远。只是，我们向来盲从于人，别人怎么说，我们便怎么说，别人怎么想，我们便怎么想，少有或者完全没有我们自己的观点和见解。姑且不说内在素质，仅从外表上看，我们不难看出，国王和农夫，贵族和奴仆，官员和平民，富人和穷人，他们之间就有极大的差异，虽然他们同是人，四肢五官没有太大的差别，但是只要看一看他们穿的裤子，明显的差别便一目了然。

色雷斯的国王与百姓之间还有一个十分好笑的区别：国王有自己专门的信仰，凡是他信奉的神，就不允许别人信奉；他把财神占为己有，只能由他一个人信奉，而他不喜欢的神，如战神，月神，酒神，便划拨给百姓们去信奉。然而，表象仅仅是表象，它并不构成实质的差异：你看那演员，在舞台上是帝王，是将相；转眼之间回到现实生活之中，还其本来面目，无非是仆人，是脚夫。在人生的舞台上，帝王将相的浮华和荣耀像舞台上耀眼的灯光，把你照得眼花目眩。

是他身上的珠光宝气，

是他身上的华丽衣裳，

使你有了非份之想。——卢克莱修

透过现象看本质，帝王将相和普通人一样，也是肉身一个；透过肉身看心灵，他们也许比普通人更加低劣。

一个是深藏内心的快乐；

一个是装模作样的快乐。——塞内加

卑怯懦弱、优柔寡断、野心勃勃、心术不良、嫉贤妒能，时时都会搅得他心烦意乱。

钱财的增加不会减少内心的烦乱，

仆人的增员搬不走心头的忧愁。——贺拉斯

即使有重兵护卫，也逃不过恐惧和忧虑的袭击。

忧愁恐惧像鬼影，

不怕刀来不怕枪，

不把金钱放眼里，

只往权贵心中闯。——卢克莱修

难道他不发烧、不痛风、不中风吗？难道他的侍卫守得住他不衰老吗？难道他房间里的仆人能为他消除对死亡的恐惧吗？难道别人的恭维和虚礼能够带走他满怀的猜忌和胡思乱想吗？华盖上缀挂的金银珠宝再多，也丝毫免除不了他阵阵发作的心绞痛。

高烧不会因为躺在华贵的床上便很快退去，

也不会因为躺在普通的床上就不肯消失。——卢克莱修

马屁精阿谀亚历山大大帝，称他为天神朱庇特之子。而亚历山大却跟常人一样，也会受伤流血，他瞧着伤口流出的鲜血对马屁精说："先生，你瞧，这不是常人流出的鲜血吗？我看不出哪一滴血像荷马说的是神仙流出来的血。"诗人赫尔莫鲁斯写诗吹

捧安提柯，称他为太阳之子。“替我倒马桶的人都明白，”安提柯说，“那是瞎掰的。”人，就是人，不会是什么别的东西。如果一个人天生就是低能儿，纵然把全世界归于他的名下，他仍然是个低能儿。

纵然繁花似锦，

美女如云。 ——佩尔西乌斯

那又如何？只要他是低能儿，他便无能也不懂得享受幸福和快乐。

世间万物，

看掌握在谁人手里：

善用者，变腐朽为神奇；

滥用者，变神奇为腐朽。 ——泰伦提乌斯

一切美好的东西，不在于拥有了它才美好，而在于能够品味它，欣赏它。如此，它才会给人带来真正的幸福。

钱财消除不了有钱人的疾病，

解不开有钱人的烦恼。

只有健全的人才能善用财富，

才会给生活带来好处。

贪婪的守财奴，死守着房屋和财产，

如盲人守着一幅图画，

如痛风病施用热敷。 ——贺拉斯

一个昏头昏脑的醉汉，他的味觉已经麻木，品尝不出美酒的醇香；一匹埋头拉车的马，全然不知自己身上华丽的马衣。柏拉图说得很有道理，健康、美丽、活力和财富，以及诸如此类被称之为美好的东西，于健全的人来说，是好事，于不健全的人来说，未必就是好事；反过来说也是一样。所以，身体不好，精神不佳，就难以感受身外事物的好处。一个身患重病的帝王，身上被有形的针扎刺，心上被无形的针扎刺，这样活着能有多大乐趣？痛风病发作起来，尽管人们阁下、陛下叫个不停，难道就能叫住痉挛抽痛停止不成？

他所有的，

全部是金子和银子。——提布卢斯

华丽威严的宫殿免得了他的痛苦和烦恼吗？他发作起来，难道因为是君王就不会像疯子一般咬牙切齿，暴跳如雷，丑态百出吗？如果他生来就是一个身心健康的人，他的生活自然过得幸福快乐，不会因为有了王位才会幸福快乐。

会想的人，想身体好；

不会想的人，想金银财宝。——贺拉斯

身外之物如浮云，虚无缥缈；反言之，身外之物如重负，沉重无比。如塞勒科斯国王所说，知道权杖沉重的人，即使权杖摆在面前，他也不会俯身把它拾起。对一个尽职尽责的国王来说，权杖意味着沉重的负担和巨大的痛苦。管束别人确非易事，因为我们管好自己就不容易。高高在上的表象令人心向神往，殊不知，在波涛滚滚、瞬息万变的人海之中，要把你率领的航船导入幸福的航道，那要付出多少的代价，又是何等的艰辛！无怪有人这样说，做随从的要比做领导的轻松得多。走别人开辟好的道路，既不操心又不操劳，只要管好自己一人便万事大吉。

服从比指挥要轻松得多。——卢克莱修

居鲁士说，指挥者如若不比受命者更能吃苦耐劳，更加勇敢坚强，他就不配做指挥者。在色诺芬的书中我们还看到，希罗国王说，他们在享受生活方面也远远不如常人，比常人来得容易的东西，在常人眼里是不可多得的乐趣，在他们眼里却毫无兴趣。

做爱太过频繁也会变得腻烦，

就像蜜饯吃得太多，

也会大倒胃口。——奥维德

我们一定以为唱诗班的孩子们陶醉在音乐之中，其实，他们天天都在唱，早就唱烦了。宴会、舞会、化装聚会、武术表演，少有机会参加的人梦寐以求，而经常泡在其中的人却会感到十分厌倦。成天与女人周旋的人，不会为女人而动心。从来没有口渴过的人，体会不到饮水的乐趣。滑稽戏和杂技使观众开心，却使演员苦不堪言。王公贵族有时也会打扮成平民模样，降贵纡尊，深入民间，品尝下层百姓的生活乐趣。

富人时常乐意过平民生活，

来到乡间农舍，

吃一顿朴素的晚餐，

眼不见豪华富丽，

难得如此清闲快活。——贺拉斯

少则精，多则滥，没有什么比“太多”二字更令人烦心倦目。后宫里养着三百女人，看都看得腻烦了，哪还有心情去跟她们寻欢作乐？外出打猎，前呼后拥，连鹰奴都有七千随侍左右，哪里还有打猎的情趣？繁华的摆设，显赫的排场，人山人海，沸沸扬扬，不但不能使人尽享其乐，而且最易引来流言蜚语。但

《奥维德》| 古罗马雕塑

奥维德（公元前43—公元18），古罗马诗人，代表作有《变形记》和《爱经》（又译《爱的艺术》）。

是，人们又总是不愿意看到他们的君主有一丁半点的过失，即便听到一些有损君王的传闻，也是宁愿信其无，不愿信其有，想方设法地为他们遮掩过去；因为寻常百姓冒失犯错不伤大雅，无关紧要，而执政者犯错则非同小可，不比一般，那是蔑视法律，是专制，是践踏国家的规章制度。柏拉图在《高尔吉亚》一书中，把专制君主定义为：在城邦中享有为所欲为特权的人。所以，执政者不应该有过失，即便有，也不应该在大庭广众之下公开暴露，因为他们的过失不是一己之事，而会流毒甚广，危害极大。任何人都不愿别人窥探自己的隐私，不愿凡事都置于众目睽睽之中。然而，君王则难避非议，因为他们的地位太显赫，他们的身份太耀眼，他们无论走到哪里，无论做什么事情，他们的一举一动，一言一行都格外地引人注目。况且，平民百姓认为，他们关注和评价自己的君王，是理所当然的。同样大小的一道疤痕，或者是一粒黑痣，在显眼处就要比在别处显得大了许多。所以，那些风流的诗人描写风流韵事，喜欢假托朱庇特之名，不为别的，只因为他是众神之首，在诸神中他的地位和身份最为显赫。

回头再说希罗国王。他抱怨说，他觉得当国王的人名为一国之君，实为被看管起来的囚犯，他的一举一动都在别人的严密监控之中：在外没有行动的自由，无论走到哪里，身边总是围拢一大堆缠扰不休的人；在家里不说别的，光是吃饭就让人十分难堪。一个人吃饭，要被许多与己无关的人团团围住，目不转睛地看着他吃，看着他喝。想起这些情景，我对当国王的人，实在是可怜多于羡慕。阿尔方斯国王常常这样说，一匹毛驴远比国王来得自在，毛驴的主人让它自自在在地吃喝拉撒，而国王的仆人连这最起码的自由也不给他。我实在想象不出，一个正常的人拉屎撒尿也要二十个人侍候着，会舒服到哪里去；一个俸禄丰厚的官员或者一个战功赫赫的将军，难道由服务机构侍候着会比他自己的贴身仆人更令他称心如意？尽管如此，想当王的人还是数不胜数，哪怕是走走形式也好，例如那些领地的领主。恺撒把法国所有的领主都称之为王。实实在在的，除了不用“陛下”这个称号之外，几乎没有哪点与国王不同。尤其是在边远的省区，如布列尼塔，车马、家臣、管事、职员、勤务和礼仪，诸如此类的排场，显赫如朝廷，不过是出自一个衣锦还乡的领主之手。他一年最多不过是听人提起他的主子一次，仿佛是听到提起波斯国王一样。他承认这位主子，仅仅是因为记录在案的一种远亲关系而已。实话实说，我们的法律也太宽松了，宽松到一个贵族在他的一生中最多只受王权约束两次。只有那些心甘情愿把自己的脖子伸进牛轭的人，才会死心踏地为朝廷效力卖命，对国王忠心耿耿。一个人只要一心管好小家庭，两耳不闻窗外事，他便会像威尼斯大公一样自由自在。

被迫受奴役的人寥寥无几，

甘愿受奴役的人无以数计。——塞内加

更令希罗国王沮丧的是，他发现自己被剥夺了交友的权利，丧失了所有的友谊，这是人生最甘美的乐汁。尽管他出于友情和善意给了别人许多许多，但那一切都是不问人家愿意不愿意给出的，他们又能作何表示呢？他们对他唯唯诺诺，事事顺从，谦恭有礼，难道这是对他由衷地敬爱吗？因为惧怕而表示的尊重不是尊重，那是对王权的敬畏，而不是对他真有敬意。

君主的最大优势在于，
尽管人们无可奈何，
也要对他大唱赞歌。
——塞内加

无论是昏君还是明君，无论是被人憎恨还是被人爱戴，只要他是君王，人们都得对他表示敬畏。先前的国王如此，往后的国王也是如此，一如既往地享受着国君的礼仪和威严。他的臣民不责怪他，并不等于真正爱戴他，如他所见，那是他们不得已而为之。追随着他或者是听命于他的人，没有一个是为着友谊的，因为他们之间几乎没有任何情感交流。他站得太高，离他们太远，不可能和他们沟通，不可能和他们亲近。虽然他们同是人，但是，他们之间的差异简直是天差地别。他们追随他，要么是制度和礼节使然，要么是为了求得好运，或者是另有所图，总而言之，不会是因为友情而离不开他。他们对他说的，他们为他做的，全都经过粉饰装扮。这也难怪，他们的自由全被他那高高在上的王权所笼罩。他周围的一切，只能是掩饰和伪装。

有一天，一位朝臣称颂尤里安皇帝公道正义。尤里安说："如果在我不公正的时候，有人敢于指责我，如果这些称颂之词来自敢于指责我的人，我才会引以为自豪。"其实，君王也是个凡人，他所拥有的一切，无非是凡间的事物（骑飞马，吃仙馔，喝仙酒，那是神仙的事情）。他和所有凡人一样，要吃饭，要睡觉；他佩带的刀剑也只是凡人的刀剑；他的王冠一不挡雨，二不遮阳，毫无用处。

戴克里先皇帝弃皇位而入山林，他只想心安理得地过平常人的生活。过了一段这样的日子之后，朝廷派人请他回朝重登皇位，执掌皇权。他对使臣说："待会儿我让你们看看我栽种的树木，看看我那井然有序的果园。只要你们看到那郁郁葱葱的果树，看到那满树的花果，你们就不会劝我舍此而去做皇帝了。"

阿那齐斯的观点是，为君之道，在于劝人扬善弃恶，只要人心向善，自然会国泰民安，事事皆好。

皮洛斯国王意欲远征意大利，他的谋士居奈斯意味深长地问道："陛下，如此宏伟计划意在何为？""意在让意大利人对我俯首称臣。"国王回答说。又问："征服了意大利之后呢？"答曰："进军高卢和西班牙。"又问："然后呢？"答曰："征服非洲，然后征服全世界，然后我就静下心来，过轻松自在的日子。"

居奈斯说："陛下啊，看在上帝的份上，请您告诉我，既然您的愿望这样简单，有什么东西会妨碍您过轻松自在的日子呢？您现在便可如此度日，无须历尽千难万险。"

他以为快乐远在天边，

其实快乐就在眼前。 ——卢克莱修

我用一段诗文来结束我的话题，这段诗文所表达的也正是我想要说的：

每个人都为自己设计了一个框架。 ——科内利尤斯

《上帝之城》| 圣奥古斯丁

第34章
不可掠人之美

不知何故，人们最看重的莫过于名声和荣誉；为了追逐声誉，宁愿舍弃财产、安宁和健康甚至生命也在所不惜。那些看不见摸不着的虚浮空泛的赞颂之辞，其价值居然远远超过任何实在有用的东西。

荣誉，多么迷人的声音，
施展它那醉人的魅力，
紧紧抓住世人的心；
不过是南柯一梦，仙乐一曲，
转瞬之间，缈无踪影。 ——塔索

在人类所有难以理解的品性中，
这种品性最不可理喻。
它桀骜不驯，难以控制，
甚至连哲学家都制不住它，
反而还要受它摆布。
它无时无刻不在诱惑人们，
连哲人贤士也禁不住它的骚扰。 ——圣奥古斯丁

没有谁不指责虚荣，而且都是讲得头头是道，有条有理，但是，虚荣在我们心里早已扎下了深根。我不敢断言，是否有人能够把它从心里彻底拔除。你刚刚还在否定它，把它讲得一无是处，一钱不值，并且历数它的危害，可是，你话音还没有落定，它又从你心里钻了出来。它不言不语，却胜过你千言万语。尽管你嘴上恨它，你心上却是爱它。西塞罗说，那些著书立说批驳虚荣的人，无一不把自己的名字印在最显眼的封面上。他在书上蔑视它，在心上却是欣赏它；他在书上打压它，在心上却是抬举

它；他教别人鄙弃名声，却在为自己扬名。社会生活中，扶困济贫，舍己救人的事情屡见不鲜，但是，心甘情愿地把自己的荣誉让给人家，把自己的名声归于人家名下，这种事情则十分罕见。

尽管如此，我们仍然可以举出一两个这种罕见的例子。卡图鲁斯·卢塔蒂乌斯在对钦布人的战争中，因一时制止不住士兵溃逃，只好跟着众士兵一起跑，装出胆小怕死的样子。这样一来，逃跑的士兵觉得自己不是在逃避敌人，而是在跟随自己的统帅。他有意往自己脸上抹黑，为的是遮掩士兵们的羞耻，从而唤醒他们的勇气。1537年查理五世皇帝准备征讨普罗旺斯时，据说安东尼·德莱弗深知皇上圣意已决，而且料定这次远征必胜无疑，他却在御前会议上坚决反对这次出征，意在突出表现皇上的明智判断。众人的反对意见反衬出主子的雄才大略，英明伟大。他舍弃一己的荣誉，把胜利的荣耀集中在主子个人身上。色雷斯使节前往吊唁布拉齐达斯，他们为宽慰其母，极力赞誉布拉齐达斯，说他英才盖世，前无古人，后无来者，无人可比。布拉齐达斯的母亲深明大义，她反对使节如此赞誉她的儿子，说："不要对我这样说。我知道，就在斯巴达城中，有不少市民比他更能干，更值得称赞。"在雷西战役中，英国王储那时还很年轻，率领先头部队领先迎敌，担负起主要的战斗任务。战斗进行到最激烈的时候，随行的爵爷们深恐王储抵敌不住，慌忙派人请求爱德华国王增援。国王询问了战况之后，得知儿子仍然骑在马上指挥作战，国王说："这场战斗已经持续多时，如果我现在去增援他，等于是去抢夺他的功劳。既然他已经坚持战斗了这么久，想必他定能克敌制胜，为他自己赢得一个完整的荣誉。"于是，国王按兵不公元前210年，西庇阿攻占卡塔赫纳，俘获了一个绝色女子，即王子阿鲁提乌斯的未婚妻。后来，西庇阿召来阿鲁提乌斯，把未婚妻还给了他，显示了一个胜利者的宽宏大量。

《西庇阿的禁欲》 | 意大利 | 德尔·阿八特

动，静观战事发展。他深知，若是急不可耐地援助儿子，人们会说这场战斗的胜利是国王赢得的，王储会因此失去显赫的战功。

最后的援助常常被视为取得胜利的决定因素。——李维

许多罗马人都这样认为，并且常常这样说，西庇阿的丰功伟绩在很大程度上得助于莱利乌斯。而莱利乌斯则总是默默地支持和维护西庇阿的尊严和声望，从来不提及自己。泰奥鲍普斯是斯巴达国王，别人赞扬他治国有方，他回答道："确切地说，那是因为人民善良勤劳，遵纪守法。"承袭了爵位的女性，尽管她是女性，她已经具有参与贵族议事的资格，有表决的权利；做了教士的贵族，尽管他是个教士，仍然有义务忠君报国，亲自奔赴战场为国效命，而不仅仅是鼓动自己的同胞和仆人参加战斗。博韦主教随菲利普·奥古斯特一同奔赴布维纳战场。虽然他战功卓著，却不愿参与世俗的分功领赏，更不愿卷入到暴力流血冲突之中。他把手中的俘虏交给其他军人处置，是杀是关由军方定夺。萨尔斯贝里伯爵威廉也是这样。然而，各人的善恶观念有所不同。有的人认为，与其把人打伤致残，还不如把人打死，以免造成人家终身痛苦。持此种观点上战场的人，多爱使用锤矛做武器。我记得，曾经有过这么回事。国王责备某人，说他不该对神父动手。他断然否定有此行为，因为他打神父并非用手打的，而是用棍打，用脚踢。

《西塞罗》 | 西班牙 | 达利

第35章
论荣誉

名称是对一事物的称谓；名称既不是事物本身，也不是事物的实质，它是事物之外的与事物相连的不属于事物本身的部分。上帝至高无上，完美无缺，他本身无须也不可能再加上任何东西来增加其高度和完美。我们赞美上帝，我们称颂上帝，那是在赞颂上帝的名字。名字不是上帝本身，而是上帝的身外之物，而且只有他的名字才为我们所接近。一切荣耀归于上帝。我们没有任何理由把荣耀归于我们自己，因为我们自身太贫乏，太空虚，我们的内在素质太欠缺，我们的方方面面都有待改善和提高。我们需要的不是赞美，我们需要的是不断的努力。我们的空虚贫乏不是虚荣能够填补的，我们需要更坚实的东西来充实我们自己。当一个人饿得奄奄一息的时候，他最需要的是吃一顿饭，并不是穿一件华丽的衣裳。无论何时何地，我们总是在寻找我们最需要的东西，正如我们每天祈祷的那样。

我们缺乏美丽的外表，缺乏健康的体格，缺乏聪明才智，还缺乏美德及其必不可少的优良品质。我们首先要解决最需要的问题，其次才考虑外表的装饰。神学对这一主题论述颇丰，可惜我对神学没有什么造诣。

克里西波斯和狄奥根尼是最早对荣誉表示蔑视的倡导者。他们的这一立场是最坚定的。他们认为，在所有的快乐中，赞扬给人带来的快乐是最危险的，回避赞扬比回避其他一切危险更有必要。事实上，生活的经验已经屡屡向我们展示了它的危害。没有任何东西比谄媚对君王的毒害更大。坏人骗取人们信任的最常用也最易得手的方法，便是阿谀奉承。引诱妇女失贞的最佳办法就是用甜言蜜语打动她的芳心，使她得意忘形。仙女们引诱尤利西狄奥根尼是古希腊哲学家，犬儒学派的代表人物。他经常针砭人类的缺点，有不少怪异却令人深思之举。他曾在艳阳高照的街上提着点亮的灯走来走去，宣称：『我在寻找一个诚实尊贵的人。』

《狄奥根尼在寻找诚实尊贵的人》 | 佛兰德斯 | 约尔丹尼

斯的第一条符咒即是如此：

来吧，令人钦佩的尤利西斯，

来吧，全希腊最英俊最光荣的美男子。 ——荷马

像他们这样的哲学家认为，头脑清醒的人对荣誉不屑一顾，纵然世界所有的荣誉唾手可得，也不愿伸出手指去碰它一下。

荣誉是什么？

如果荣誉仅仅是荣誉，

又有什么稀奇？ ——尤维纳利斯

然而，真要说到荣誉，它常常会给人带来许多实用的东西，所以人们对它非常渴求。它能让别人对我们亲善友好，它能使我们避免别人的轻视和侮辱，等等。伊壁鸠鲁也主张蔑视荣誉，他的学派以“过隐居生活”为宗旨，主张不涉及公众事务，以免受社会习气的妨碍和拖累。如果预先不把荣誉放在眼里，就不会被公众事务所吸引，因为荣誉是伴随着公众事务而来。他叫人们独善其身，不要去管外面的闲事，不要显身扬名，不要贪图荣耀和溢美之词。他对伊多墨纽斯说，不可让众人的观点和意识来左右自己，亦不可显露自己瞧不起人的样子，以避免无谓的麻烦。

我很欣赏他这段话，我以为这话讲得很有道理，也很对路。但是，不知何故，我们都具有双重性，我们常常肯定我们否定的东西，又常常去做我们谴责的事情。让我们来看看伊壁鸠鲁的临终遗言，那是多么崇高的语言，配得上他这样一位哲学家。然而，从他的字里行间，多少可以看出一些自我表现和渴求名声的痕迹，而这些都是他的训诫所不齿的东西。下面是他临终口授的一封信：

《伊壁鸠鲁》

伊壁鸠鲁（公元前341—公元前270），古希腊哲学家、伊壁鸠鲁学派的创始人。其学说的要义是倡导达到不受干扰的宁静状态，后人还把他视为享乐主义的代表人物。

伊壁鸠鲁致赫耳玛库斯：在我生命最后的时刻也是最幸福的时刻，我写下了这封信，与此同时，我的膀胱和肠胃痛如刀绞，但是，当我想起我的著作和学术成就时，压抑不住的喜悦涌上了心头。既然你从小就倾心于我和我的哲学，请你继我之后，照管好梅特罗道吕斯的孩子们。

从他这封信中，我读出了他那压抑不住的喜悦，把他留下身后名的愿望即刻安排妥当。他指定他的继承人阿弥诺马库和提摩克拉忒斯，支付赫耳玛库斯为他举办的周年诞辰纪念活动所需的费用，这是每年一月都要举行的。另外，还要支付哲学家和同道朋友们为缅怀他和梅特罗道吕斯所举行的集会的费用，这是每月二十日都要举办的。

卡涅阿德斯对此问题持相反意见。他认为，热爱荣誉是人的天性，就像他们热爱自己的子孙后代一样，虽然他们不了解自己的子孙，也享不到子孙的福。这种观点为大多数人所接受，人们很少有不喜欢荣誉的。亚里士多德把荣誉置于财富之首，认为没有必要回避荣誉，也不可过分地追求荣誉。我相信，如果我们能够读到西塞罗关于这方面的著作，我们一定会看到更动人的描述。此君热衷于荣誉，他真要下了决心去论述荣誉，绝不亚于任何一个热爱荣誉的人。他认为，人们梦寐以求的并不是美德，而是紧随美德而来的荣誉。

不张扬的美德无异于死去的树獭。 ——贺拉斯

这种观点何其荒谬，令人痛心疾首的是，这种观点居然会产生在荣称为哲学家的头脑之中。

如果这种观点是正确的，那岂不是说，人有没有美德无关

亚里士多德

紧要，关健是要被公众承认和认可？美德寓于心灵深处，善行是心灵的活动，真正的美德更多地靠自我意识，自我认知，自我调节，并不是非要别人说是美德，才是美德。只要弄虚作假做得巧妙，不也一样会得到别人的认可吗？卡涅阿德斯说："有一条毒蛇潜伏在一个地方，有一个人走累了正想在那个地方坐下。你知道那里有一条毒蛇，而你又觉得那个人死去会对你有好处。于是，你并不提醒他，那个地方是有危险的。你这样做没有任何人知道，但是，这种恶劣的行径并不因为没有人知道就不恶劣了。"如果我们做好事是为了让别人知道，那么，要是别人不知道，我们就没有必要去做好事了？如果我们不做坏事是怕别人知道，那么，只要是别人不知道，是不是什么坏事都可以做？C.普罗提乌斯对塞克斯都·派杜寇斯十分信任，私下里把财产托付他保管，而派杜寇斯确实也信守了朋友的托付。我自己也常常做这样的事情，所以，我觉得没有什么值得特别赞扬的。但是，如果这样的事情要是倒过来做，我会觉得非常可耻。当年西塞罗指责P.塞克斯提利乌斯·鲁孚斯把别人托付给他的遗产占为已有，虽然这样做没有触犯法律，但却违背了自己的良心。受到同样指责的还有克拉苏和霍尔坦西厄斯，此二人利用自己的权势，为一个素不相识的人谋取不义之财。这个人请他们凭着一份伪造的遗嘱去冒领遗产，然后大家分成。他们见有利可图，而又不用承担伪造的风险（因为他们并未参与伪造遗嘱，怎么说也不用承担法律责任，况且又无任何见证人），于是便毫不犹豫地把这件事做了下来。

他们本应想到，

上帝就是他们的见证人，

这个上帝不是别人，

正是他们自己的良心。——西塞罗

美德如果要靠荣誉来体现，这样的美德便失去了它的实际意义和价值。美德本身是独立的，它不依附于荣誉，也不依附于命运。只是荣誉的获得，往往依赖于命运的促成。

万物随着命运，

事物是好是坏，

只依着它的性情，

由不得人来决定。——萨卢斯特

因此，显身扬名往往是命运使然。荣誉的机会常常伴随着命运而来。那些功小誉大，甚至无功获誉的事情并不少见。第一个意识到荣誉的人，把荣誉比作一个影子。这是一个夸张的影子，它时而走在人的前头，时而超过身体的比例，比人本身大了许多。贵族绅士们一向被教导，美德不是为了别的，仅仅是为了荣誉。

仿佛美德不张扬，

便不称其为美德。——西塞罗

他们被教导，在无人看见的时候，不要去冒任何风险，即使有人看见，也要看这人是否能够把他们的勇敢行为公布于众。表现自己的机会成千上万，如果不为人所察，那就是无用的表现。有多少英勇行为在混战中被埋没？在激烈的混战中，人人都在拼死博斗，谁会有闲暇去观察别人勇不勇敢？在这个时候，如果某人说别人很勇敢，那就正好说明他自己不勇敢，闲在一边袖手旁观。

高尚的智者认为，

亚历山大银币

勇敢出于天性，

并非来自荣誉。

——西塞罗

对于荣誉，我有我自己的看法，我以为，生活过得平静安宁就是最大的荣誉。这平静安宁不是梅特罗道吕斯，亦不是阿恺西劳斯或阿里斯蒂帕斯所说的平静安宁，这是我对我自己生活的见解。哲学界至今仍未找到平静安宁的普遍的生活规律，那就让我们自己去找自个儿的平静生活吧。

恺撒和亚历山大大帝声振寰宇，不正是靠着命运成全吗？多少人在他们事业起步的时候就被命运摧毁而默默无闻，如果这些人不是在第一次战斗中就被命运斩断了他们的前程，凭什么说他们就不比恺撒和亚历山大勇敢？恺撒经历了无以数计的巨大危险，然而，在他的生平记载中，却看不到任何有关他受伤的记录。成千上万的人，比他遇到的危险小得多，却纷纷倒下去了。无数英雄壮举只因得不到见证而销声匿迹，只有为数极少的个别人才载入了史册，为人所知。一个人不可能总是第一个冲入敌阵的缺口，也不可能次次冲锋在前，次次都被主将看见，像挂在绞刑架上那样显眼。即使是在篱笆和壕沟之间，也难免不发生意外，一个鸡棚里面也许会隐藏着意想不到的凶险。一个人去占领一座粮仓，逐出四个下三滥的火枪手，不是一点危险都没有的。还有，当一个人掉队的时候，当一个人孤立无援的时候，等等，随时都有危险降临。无论是谁，只要他稍稍留意一下，我相信，他不难从经验中看到这样一个事实：越是不起眼的事情，往往也就是最危险的事情。就拿我们这个时代发生的战争来说，在小规模的遭遇战中，在争夺微不足道的军事要塞的拼杀中，死伤的人员远远超过最重大的战役。

有些人认为，不在轰轰烈烈的场面上死去，就等于是白白地送死。他们把自己置于碌碌无为的生活之中，只因为不愿白白地去送死，也就白白地放过了许多建功立业的良机；而每一次良机都足以使他显身扬名。人，应该凭着自己的良心去做事，让自己的良心激励自己。

值得欣慰的是，
我们的良心就是最好的证明。　　——科林斯

有些人认为，做好事就是为了让人知道，让别人重视。如果不能引人注目，他就不做任何好事。这样的人，万万不可对他有什么期待。

在冬季，我相信，
有许多事情值得一提。
但是，这些事情我又不能诉说，
那不是我的过错，
因为这些事情都是在悄然无声中做出来的。
啊，奥兰多，
他只管做事，
从不言说。
如若不被别人看见，
谁人知道，这些事情是他做的。　　——阿里奥斯托

扛枪打仗、保家卫国是义不容辞的职责，英勇善战的行为不可能不得到奖赏。勇敢并非在众目睽睽之下才算勇敢，真正的美德应该在自己的心中才最为可靠。它会鞭策自己永远做好事不做

坏事，这就是最好的回报。勇敢，是为自己而勇敢，勇敢在心里扎下根的人，不怕命运掀起任何狂风恶浪。

勇敢永无失败的耻辱，

它永远闪亮着纯洁的光辉，

它的尊严荣耀，

非世俗贪欲可以企及。 ——贺拉斯

勇敢的作用不在于向外人展示，因为它在自己心里，别人看不见它，只有自己心里明白；勇敢的作用在于强化自己，使自己不怕苦，不怕死，忍辱负重，甚至于经受得住失去爱儿、失去朋友、失去财产和地位等等人生最残酷的打击；即便是赴汤蹈火，出生入死也在所不惜。

不为名，不为利，

只为心中最诚挚的荣誉。 ——西塞罗

心灵深处的勇敢远远优越于外表的荣誉，更值得我们孜孜以求。它深藏在我们心里，永远不会失去，而外表的荣誉，不过是别人一种不实的赞誉而已。

评价一块土地，需要抽出十几个人来评议；判断我们的倾向和行为，就更不容易了。这最重要也最难办的事情，却要交给一群乌合之众去办理，由着他们去下定义，而这些个乌合之众恰恰就是无知、不公和反复无常的根源。一个智者的一生，交由一群傻瓜去评判，岂不是很荒谬吗？

一个傻瓜已经够愚蠢了，

一群傻瓜又能有何作为？ ——西塞罗

要想讨好乌合之众那是不可能的，无论你怎样去做也讨好不了他们。

众口难调，

众意难料。

——李维

德米特里在谈到众人的评价时坦率地说，他既不看重来自上面的评价，亦不看重来自下面的评价。西塞罗则说得更直白：

以我之见，

被乌合之众所称赞，

并非光荣，

实为耻辱。

一个人无论多么灵活机动，也不可能亦步亦趋地跟随一个漫无边际且毫无规则的向导。在嘈嘈杂杂、沸沸扬扬、如同乱麻一堆的环境里，除了一筹莫展之外，还能做何选择？我们不可以把自己置身于漂浮不定的潮流之中，随波逐流。我们应当保持正常的心智，走自己的正确的道路。我们走自己的路，并不用在乎公众是否赞同，因为公众多是随波逐流，没有定见的。我选择的道路也许正确，也许不正确，但是，凭着我自己的生活经验和直觉，我认为走自己的路，无论如何也要好过盲目地跟从别人。

忠实于自己，

是天赐之物，

最让人心满意足。

——昆蒂利埃纳

古代水手在遇到暴风雨时，便对海神说："啊，海神，你可留我性命，亦可取我性命，但是，无论如何，我都会牢牢地把握我的舵柄。"在我们这个时代，我看到无数的人见风使舵，思想混乱，稀里糊涂，却又老于世故。其实，他们早已迷失了自己。

海神波塞冬

波塞冬是希腊神话中的主神之一，又名涅普顿，是天神宙斯的哥哥，地位仅次于他。他是掌管海洋的最高神仙，拥有强大的法力。

我不愿像他们那样过我的生活。

笑看狡猾奸诈，

得不偿失，

多么尴尬。 ——奥维德

波勒斯在出征马其顿之前，首先对罗马人民强调，务必不要对他此行说三道四，妄加评论。是的，流言蜚语破坏了多少伟大的事业！并非每个人都能像比阿斯那样把握得住自己。比阿斯从不盲目从众，不怕别人讥讽嘲笑，亦不愿让别人的吹捧有辱他的尊严。他独立自主，绝不哗众取宠而耽误自己正常的工作。

我不知道，人为什么总爱听好话，但我感觉到，我们有点过分地爱听好话了。

我并不害怕赞扬，

因为我的心也是肉长的，

我害怕的是，

真正的美德会在赞扬声中消失。 ——柏休斯

我并不在乎别人怎样看我，我就怕自己没有主见。我只靠自己充实自己，无须别人的赞扬来吹捧自己。外人只能看到外部的片面，看不到内部的实质。每个人都可以装模作样，表现出无所畏惧的假象，以掩饰自己内心的惶恐。别人看我只能看到我的外表，看不见我真实的内心。揭露战争时期的虚伪是有必要的，因为对一个兵油子来说，逃避危险是一件轻而易举的事情，他既胆小如鼠又善于冒充英雄好汉。只要不想担风险，总有办法避开危险，而且总有办法蒙骗别人，只要是经历过一次危险，就可以说成是经历了千难万险。偶尔遇到逃避不及的危险时，尽管心慌得

如打鼓一般，表面上也会装作毫无惧色的样子。人人都想戴上柏拉图那枚使人能够隐身的戒指，便于在最关键的时刻隐蔽自己，免于灾祸。在最关键的时刻，那些得了荣誉的人深悔自己得了荣誉，害得他在最怕死的时候不得不表现出英勇无畏。

假誉使人快乐，
诽谤令人恐惧，
两者都是病态和罪过。——贺拉斯

表面现象常常是一种假象，不足为凭，不足为信，真正可靠的证明是自己的内心。我们的荣誉从何而来？有多少战士死守战壕，又有多少战士冒死冲锋？如果没有他们，谁也得不到胜利的荣誉，而他们得到的，不就是一天五个便士吗？

世人贬低的东西，
尽管由他们去贬低。
不要去说别人不好，
外面的世界没有你，
你应该在自己的心灵深处寻找自己。——柏休斯

我们的名字从众人口中说出，传播到这里那里，我们就会非常得意，觉得很了不起；我们借着这名声可以得到这样那样的好处，这大概就是追求名声最好的理由。但是，如果过分追求名声，就会发展成一种病态。特罗古斯谈起希罗斯特拉图斯，提图斯·李维乌斯谈起曼利乌斯·卡庇托利努斯，都这样说：他们的野心在于，只求名气大，不论名声好不好。这种病态业已普及，我们只求人们谈论自己，不在乎别人说些什么。只要人们常常提起我们就行了，至于用什么方式提及，倒不是我们所要关心的。

似乎自己的名字保留在别人的脑海里，自己的生命就会得到扩展和延续。我不会把我的生命托付给别人，我只相信我自己。至于我的另一条生命，即所谓的保留在熟人和朋友们脑海里的那条生命，与我毫无关系，我既感觉不到它，也不知道它在做什么。等到我死去的时候，我连我自己也感觉不到了；况且，保留在别人脑海里的那个我，难道真能使我避免意外，永生不死？

别说我不想显身扬名，就算我想显身扬名也不可能，因为我没有完全属于自己的姓。它属于我的家族，甚至还属于其他家族。在巴黎和蒙彼利埃有两个家族姓蒙田，在布列塔尼有一个，在圣道日有个姓德·拉蒙田的。稍不留意，我们就会被混淆在一起，那么，我就会分享他们的荣誉，他们则有可能顶我的污名。此外，我的祖先从前姓艾凯姆，英格兰有个名门望族现在也姓艾凯姆。撇开姓氏不说，只说名字，我现在用的名字，人人都可以用，只要他愿意。如此说来，若是以自己的姓名来代表荣誉，一个脚夫也有可能占有我的荣誉。话说回来，即使我有一个专用的姓名，当我不再活着的时候，这个姓名又能表示什么呢？它能表示的大概就是愚蠢和浅薄吧！

我的尸骨还有多少分量？

人们是否还把我赞扬？

也许，我的坟墓上，

紫罗兰在生长。——柏休斯

有关这些，我早已说过。在一场死伤上万人的重大战役中，引人瞩目者不到十五人；这些为数极少的人，想必是功勋太卓著，或者是产生了很重大的影响，要不就是命运之神特意帮了一把。要想突出表现一个人，并不是一件很容易的事情，不但普通士兵难以实现，就是指挥官也难达成。杀死一个敌人，杀死两个敌人，杀死十个敌人，对个人来说，那是拼死挣来的战果，是九死一生换来的，但是，对世界来说，实在是微乎其微。这样的事情每天都能看到，而且发生得太多太多，我们不要指望在这种事情上获得什么特别的声望。

这种事情司空见惯，

平平淡淡。——尤维纳利斯

一千五百年以来，在法国战死疆场的勇士数不胜数，但是，在这些人当中，为我们所知的人还不足一百。多少名震一时的统帅被我们忘记，多少重大的战役和胜利随着时间的消逝而在人类的记忆中消失。世界上绝大多数的人都没有留下记录，命运之神不可能让每一个曾经来到这个世界上的人名留青史。其实，过去的事情记不记住也是无所谓的，因为，现在发生的事情，也相当于重现过去的事情。尽管希腊和罗马都有那么多作家写传记，能为我们所知的人和事依然是寥寥无几。

往事似是而非地悄然而过。——维吉尔

往后一百年，我们所经历的法国内战，人们是否还很关心，人们是否还牢记在心，那就不得而知了。古代斯巴达人出征的时候，总忘不了要向女神缪斯献祭，希望女神记住他们的功绩，让神灵为他们见证，使他们的英雄壮举永世传承。我们能够期待每一次遭枪击，每一次冒风险都会被记录在案吗？就算有一百个书记员跟在我们身边专事记录，这些记录最多也只能保存三天，不会传阅到每一个人眼前。古代记录下来的东西，我们知道的不过

《维吉尔》| 镶嵌画

千分之一，往事能够流传多久，全由着命运来决定。因为我们对过去的事情知之甚少，我们不得不怀疑一些事件的真实性。人们不可能把所有的事情都写进史书里面，能够载入史册的人，必须是开疆拓土，征服异国的统帅；他必须赢得五十二次具有重大历史意义的战役，而且总是以弱胜强，以少胜多，像恺撒那样。跟随恺撒出征的无数将士，在战场上英勇献身，别说一般的士卒，就是战功卓著的一些将领，他们的名字除了留在妻儿的记忆之中，很快便烟消云散，随风而去。

不显赫的名声无力流传下去。——维吉尔

即使是我们身边的人，他们死后三个月，或者说得更长一些，三年，他们的名声不再存留在人们的记忆里，仿佛从来就没有这个人一样。究竟什么样的人，哪一类的事，才能载入史册，名垂青史？只要我们稍加留意就不难发现，在历史的长河中，只有为数极少的人物和事件留下了痕迹。多少知名人士，他们的名声一度十分响亮，不过只是昙花一现，转眼之间便烟消云散，不复存在。为了追求那虚浮而且短暂的荣誉，我们舍弃了自己生活中的真实和精髓，让自己像个死人一样活着！哲人贤士对自己有更高的要求，他们的人生态度是：

做好该做的事就是最大的奖赏；

善行本身已是最大的荣光。——塞内加

无论是画家还是其他艺术家，无论是修辞学家还是语法学家，都有可能以自己的作品使自己出名；但是，人的品德高于一切，它无须任何赞扬来抬高自己，尤其不需要虚荣来装饰。

但是，荣誉心并非毫无用处，它可以使人恪守职责，它可以图拉真石柱是由罗马皇帝图拉真于公元113年竖立的一个高达40米的巨型庆功纪念柱。柱身表面是一幅幅浮雕作品，连续盘旋而上，讲述了那个年代的历史故事。

图拉真石柱

激发起人的勇气；它可以鞭策君王，让他们看到，人们多么怀念图拉真，又是多么痛恨尼禄。尼禄这个禽兽不如的暴君，曾经是那样令人丧胆，现在连小学生都可以毫无顾忌地对他任意唾骂。他留下的骂名，给后世君王一个深刻的教训。但愿人们都能培育自己的荣誉心，尽可能珍惜自己的荣誉。柏拉图致力于公民道德教育的同时，劝导人们不要轻视自己的名誉和他人的尊重。他说，即使是坏人也会常常受到神灵的启迪，使他认知善恶，让他的恶行有所收敛。他和他的老师一样，超越了世俗的偏见，处处体现出神性的力量：

像悲剧诗人那样，
借助神灵的力量来完成他们的诗剧。 ——西塞罗

提蒙或褒或贬地称他为了不起的奇迹制造者，大概也是出于这个原因。真正有价值的东西不为人所知，那就只好制造一些假货让这些无知的人使用。这种造假的方法没有立法者不用。为了规范人民的行为，把人民纳入遵纪守法的轨道，政府不得不虚构出一些为大众所接受的东西，便于维护其统治。基于此，绝大多数的政府在其产生之初，无不以神奇的姿态出现。虚幻的东西最令人神往，人们对向往的东西，宁愿信其有，不愿信其无，这就是那些杂七杂八的宗教有人信仰的原因。纽默和塞多留为了使其臣民顺从于他们，对他们的臣民大灌迷魂汤，一个搬出仙女伊吉丽，另一个说他是在秉承白鹿传递的神的旨意。纽默凭借着这位仙女的神威，使他的法律具有更大的权威。琐罗亚斯德，巴克特里亚和波斯的立法者，打出的旗号是奥尔穆兹德这位神仙；特利斯墨吉斯忒斯，埃及的立法者，依附于墨丘利神；萨莫尔克西

斯，斯基泰的立法者，借助于女灶神；哈龙达斯，哈尔基斯的立法者，借助于农神萨杜恩；弥诺斯，克里特岛的立法者，借助于朱庇特；利库尔戈斯，古斯巴达的立法者，借助于太阳神阿波罗；德拉古和梭伦，这两位雅典的立法者，借助于智慧女神密涅瓦。每个政府都有一个神，依靠于虚幻的神灵，倒是摩西率领犹太人出埃及时所订的律法很实在。贝都因人的宗教，如德·儒安维尔先生所说，教导人们为国王献身，凡是为国王捐躯的人，他的灵魂会进入一个更好的躯体，比从前那个躯体更漂亮，更强壮，比从前过得更幸福。只要能为国王效劳，他们会不惜自己的生命，甘冒任何风险：

迎着刀剑而上，
一心向着死亡；
只想获得新生，
谁去珍惜那具旧皮？ ——卢卡努

这种信仰易于让人接受，尽管它是荒谬的。每个民族都有一套这样的搞法。这个课题可以另辟专栏探讨。

言归正传，容我再多说两句，我奉劝各位女士，不要再把本分视为荣誉：

诚实是诚实，
荣誉是荣誉，
而在习惯的语言中，
两者不分彼此。 ——西塞罗

本分是人的根本，荣誉只是人的外衣。我进一忠言，切勿本末倒置。人的所思所想，所愿所求，在人的心里。这一切和外在的荣誉并无关联。荣誉并不能代表人的内在素质，而人的内在素质却主宰着整个人生，其价值和作用远远在荣誉之上。

她拒绝，

仅仅是故作姿态。——奥维德

如果人不守本分而刻意追求荣誉，那不仅是对上帝的冒犯，而且是在侮辱自己的良心。要想保住荣誉并不难，做事只要偷偷摸摸，不为人所知，荣誉就不会受损，被伤害的只是自己的良心。有良知的人，宁愿失去自己的荣誉，也不愿伤害自己的良心。

古罗马角斗场

第36章
霹雳手段，菩萨心肠

世间万事万物有着奇妙的联系，它们的关系既是对立的，又是统一的。它们的发展和变化不是偶然的，不是孤立的，而是互相支配又互相被支配的。我们身体的各种疾病和症状，一如国家和政府，无论是君主国还是共和国，有其产生、兴盛和衰亡的发展过程。我们易患多血症，血液太多，不仅无用，反而有害。坏血液太多会生病，好血液太多也会生病（正像医生所担忧的那样，精力过分充沛，就会燥动不安，就会失去常态，所以必须加以遏制，免得体质太旺盛，失去了发展和改良的方向而导致无秩序地衰退。医生时而给身强力壮的角斗士放血，正是基于这个道理）。国家和人体一样，也会因多血症而常常引发各种各样的弊病，也有必要采取各种各样的措施，把多余的血液排放出去。有时，国家的人口太多，就要把大批的人合家迁徙出国，让他们到别国去寻找安身之地。我们的祖先法兰克人，从遥远的德意志强行进入高卢，那是被逐出家园的第一批日尔曼移民。从布伦努斯统治时期开始，高卢人又大批大批地涌入意大利。哥特人[1]和汪达尔人[2]像现在占有希腊的人一样，远离他们的故乡，到别处去安身立命，那里有更大的生存空间。世界上只有两三处极为偏僻的角落，没有留下迁徙者的足迹。罗马人靠着这迁徙的办法建立了他们的殖民地。当他们意识到他们的城市人口过分膨胀的时候，为了缓解人口的压力，他们便把那些多余的人送到被他们征服的土地上，让这些人在异国他乡生活和劳作。有时，他们有意识地延

1　哥特人，日耳曼民族，起源于斯堪的纳维亚南部，历史上有几次迁徙。

2　汪达尔人，日耳曼民族的一支，5世纪初曾入侵高卢一些地方，后来定居西班牙。

《罗马监狱里的高卢人》 | 法国 | 巴瑞阿斯

续对敌战争，为的是保持国人的战斗意志，生怕人民闲散懒惰，因为懒惰是腐朽的根源，将会给国家和人民带来无穷的灾害。

久不打仗，

心里反倒发慌。

荒淫度日，

不如奔赴战场。

——尤维纳利斯

为了给他们的共和国放血，为了挥发掉年轻人过分膨胀的激情，像修剪过于浓密的枝叶一样，为的是使这棵大树长得更好，他们对迦太基人发动了旷日持久的战争。

英王爱德华三世与我们的国王签订了《布雷蒂尼和约》，战事已经平息，他仍然将出征的英军留在布雷蒂尼，像卸包袱似地扔在那里。不管布雷蒂尼公国如何抗议，他就是不让这些部队返回英国。出于同样的动机，我们的国王菲利浦，派他的儿子约翰组建一支远征军，让热血沸腾的青年士兵在国外有用武之地。

直到现在还有不少人这样说，应当把过盛的精力消耗在对外战争中，让它发泄出去，免得它在我们自己的机体里发烧发热，生出怪病，导致我们自身的毁灭。诚然，战争是残酷的，但是，如果不打外战，一旦打起内战来，那就更加残酷了。不知上帝是否同意我们这种为了保全自己而去伤害别人的做法。

圣洁的涅墨西斯，

我别无他求，

只求公平正义。

——卡图鲁斯

但是，由于我们自身还不很完善，我们不得不采用必要的冷酷手段，去实现我们良好的愿望。利库尔戈斯，这位古往今来最完善的立法者，出于一种良好的愿望，发明了一个很冷酷的方法，极不公正地施行到奴隶身上。他强迫奴隶暴饮暴食，让斯巴达人亲眼目睹奴隶们狂喝滥饮后的丑态和备受煎熬的痛苦，让人民自然而然地厌恶大吃大喝，自觉节制饮食。如果说这种做法有失公正，那么，从前的医生拿犯人来开刀做实验，就更应受到指责了。那时的医生为了弄清人体的内部结构，把被判处死刑的犯人活活地开膛剖肚。这种做法实为残忍，却也是为了将来更好地治病救人。然而，治病救人，救治灵魂比救治身体更为重要，如果说做得太过分了的话，也是应当谅解的。罗马人为了训练人民勇敢顽强，不怕死亡，经常让他们观看角斗士表演，出场的角斗士手握利剑，双方拼死格斗，乱砍乱杀，直到杀死其中一个，表演才告结束。

角斗士的技艺究竟为何，
年纪轻轻就断送了生命，
用鲜血博取别人的快乐。——普鲁登蒂乌斯

这种表演一直持续到狄奥多西皇帝时代。

君王，让你的统治留下荣光，
让你的行为不辱没祖上，
让屠杀不再出现竞技场。
让畜血取代人血，
不要拿人来造孽。——普鲁登蒂乌斯

时时耳濡目染屠杀的血腥，的确会增长人们的勇气。天天都有一百、二百，甚至上千对角斗士手握利剑在互相厮杀。他们身陷绝境，毫无退路，只有鼓足勇气拼命向前。从来没有听到他们发出求饶或者示弱的声音，从来没有看见他们后退或者避让的身影，只见他们昂首挺胸，直面对方的刀剑，随时准备迎接致命的一击。好多角斗士，在身受重伤即将毙命的时候，不忘叫人去问观众，问他们是否觉得他英勇无比。他们不但要竭尽全力地奋勇向前，而且还要死得无畏，死得坦然。如果他们在死前表现出一丝一毫的犹豫，立时便会引来一片喝倒彩的嘘声。甚至一些姑娘也深受感染，沉溺其中。

端庄的淑女也沉浸于这角斗，
当获胜者刺倒对手的时候，
她又是鼓掌又是欢呼。
她兴高采烈，情不自禁，
伸出拇指夸赞胜者的同时，
示意他在牺牲者的胸前再戳几刀。——普鲁登蒂乌斯

最初，罗马人只是用被判死刑的囚犯来进行这种表演，后来又驱使无辜的奴隶来扮演这种角色。一些自由民出于生计，被迫自愿来到这里，赚取这名副其实的血汗钱。再后来，发展到有身分的元老和骑士，甚至于妇女。

他们不惧死亡来到竞技场，
尽管战争已经平息，
仍然还需准备一个敌人来激励自己。——马尼利乌斯

那些娇柔的女子，

虽然不懂武艺，

照样投身竞技场，

不爱红妆爱武装。——斯塔斯

也许，罗马人这种做法会令人感到稀奇古怪，不可思议。但是，那些成千上万的外国人，为了金钱而把他们的生命押上去，投身于一场与他们毫无关系的战争，又作何解释？

《迦太基人——假装流落海礁，以躲避罗马人》丨法国丨雨果

第37章
论勇敢

生活经验告诉我，人有时候会有一种智慧，一种情感，或者是一种果敢精神，出乎意料地涌现出来。这种品质在平常的生活中却几乎没有任何迹象。这时候，我不能不惊叹人无所不能，有时甚至超过了神。正像某人说的，此时人已进入无我的状态，超越了他那原始的状态。这个时候，人的低能和脆弱被上帝一般的力量和坚定所替代。只不过，这仅仅是一种间歇性的偶然。纵观昔日的英雄人物，在他们的一生中，时而爆发出的超自然壮举，远远超出了凡人的自然力量。但是，这也仅仅是时而爆发，并非时时发生。难以想象，这种超自然的力量会在人的身上扎下根来，成为人的自然状态，在寻常的生活中时时表现出来。我们生来就发育不全，不可有什么奢望。有时，我们听了别人的演讲，或者是看了别人的榜样，我们的心顿时为之所动，一股激情升腾而起，远远超出了常态。但是，这种感情冲动，也仅仅是一时的冲动，它很快便会不知不觉地平息下来，恢复到原来的状态，仍然为普通平凡的事情所左右。我们饲养的一只小鸟忽然间死了，我们手中的杯子不小心掉到地上，也会把我们吓一大跳。依我看，人虽然有诸多缺陷，却什么事情都能做到，但是偏偏就做不到有条不紊，持之以恒。因此，哲人贤士说，要想正确判断一个人，不可只看他的一时一事，而要看他平常生活中的所作所为。

皮浪是个乐观的不可知论者，他和所有的真正的哲学家一样，试图找到与自己生活相符的学说。他一向认为，因为人的智力太低下，人就是穷尽其所能也无法对某一事物做出绝对正确的判断，不可能有一贯性的认识。而事物本身又是变化无常的，具有不确定性，因此不要急于对事物下结论，只可在一旁冷静地观

《哈，哲学家》| 古罗马漫画

察。据说，他从不轻易改变自己的举止和表情。如果他开始一场演讲，他会一直讲下去，即使听众全部离开，他也非要把话讲完不可。他在路上行走的时候，遇到障碍物也不绕道，继续朝前走。为了防止他掉下断崖绝壁，与车马相撞及诸如此类的意外事故，他的朋友们不得不仔细地看护着他。他认为人的感觉并不可靠，难以做出正确的选择。如果害怕或躲避事物，恰恰也就动摇了他自己的命题。有时，他的皮肤被割破，被烙伤，他竟然显得若无其事。这一类的事情，放在心里想象一下未尝不可，真要去身体力行，也不是不可能的，但是如果要把这类事情变成生活的习惯，经常不断地去做这样的事情，那就不可思议了。有时，他在家里严厉训斥他的妹妹，别人因此指责他违背了他自己的冷静观察的原则。“什么？”他说，“一个女人的一件小事，怎么可以拿来对照我的哲学原理！”另有一次，有人看见他与一条狗打斗，他对那人说：“人很难做到奋不顾身，我们平时就应该努力训练和培养出自己的能力，随时准备迎接和克服面临的一切困难。首先要身体力行，如果暂时做不到，至少也要在思想上和理论上有所认识。”

大约在七八年前，离我家不远处，有一位农夫，他现在还活着，他长期以来，一直受着妻子猜忌的折磨。有一天，他收工回到家里，妻子和往常一样，见到他便骂骂咧咧。燃烧已久的无名怒火再难压抑，他一气之下，用手中的镰刀把妻子猜忌的器官连根割掉，一把甩到妻子的脸上。听说有位活泼多情的青年绅士，看上了一位美丽动人的淑女。他孜孜以求，百折不挠，终于打动了心上人，眼看就到达幸福的顶峰，然而就在这最动人心弦的时刻，他才万分懊恼地发现，他是无力享受此等幸福的人。他一回到家里，立刻将他那不听使唤的器官割除，以此向他的情人赔罪，用这血淋淋的祭品洗刷他的奇耻大辱。假如这种举动出自宗教信仰，像西布莉似的祭司们一样，是经过深思熟虑的，对于如此高尚的行为还有什么话好说？

几天前，离我家约二十公里的贝日腊克，也就是多尔多涅河上游处，一位女子被她那心智不正常的丈夫打骂了一夜，遂起心以死来摆脱丈夫的虐待。第二天一早她便去走访她的邻居，像往常一样，谈了一些家常事，然后和她妹妹手拉着手走到桥上去。她像开玩笑似的跟妹妹说了声再见，便毫不犹豫地从桥上一头跳进了河里，结束了她的生命。她这样做并非一时心血来潮，而是思考了整整一夜，已经打定了寻死的主意。

印度的习俗别有一番讲究。一个男人可以有众多的妻子，当这个男人死去的时候，只有最得宠的那个妻子才有资格陪葬。每个做妻子的都以取得这个资格为荣。她们生前尽力服侍好丈夫，不为别的，就为取得和丈夫同生共死的特权，让丈夫在临死之前选中自己去陪葬：

柴堆刚被点燃，

虔诚的妻子们披头散发，

急不可耐地站到柴堆前，

陪着丈夫一同死去是她们多年的心愿；

不如愿者羞愧满面，

如愿以偿者欣喜地扑向熊熊燃烧的火焰，

把死去的丈夫紧紧地抱在胸前。　　——普洛佩提乌斯

《爱情傻瓜》| 佚名

某作家说，他亲眼所见，这种陪葬的习俗至今还在一些东方国家流行，陪葬的不仅是妻子，而且还有奴隶。他们的做法大致是这样：丈夫死后，只要妻子愿意（其实少有人愿意），可容她在两三个月内，料理她的后事。诸事料理完毕，她便打扮得和出嫁时一样，骑着一匹骏马，左手握一面镜子，右手持一根利箭，兴高采烈地说，她要去与夫君同床共寐了。这是一个壮观的盛典，她在亲朋好友和众人的簇拥下，喜气洋洋地来到指定的广场。这是一个很大的广场，广场中央挖了一个坑，坑里堆满了木柴，柴堆旁有一个四五级台阶高的土丘。她被带到土丘上面，享用一顿丰盛的美餐，然后便开始载歌载舞，舞到兴致勃勃的时候，令人点燃柴堆。柴堆点燃之后，她走下土丘，和丈夫的亲人手拉着手走到河边。在河边，她脱得一丝不挂，从容不迫地把衣物和首饰分送给她的朋友，然后走进河里，仿佛是要洗净她生前的罪过。洗毕，她走上岸，用一条数米长的黄色亚麻布裹住身体，仍旧让丈夫的亲人拉着手，重新回到土丘上，向众乡亲告别；若是她有孩子，便把孩子托付给大家。在通常情况下，有一道帘子将火坑和土丘遮住，不让众人看到被火烧的情景。有些女子为了显示自己的勇气，则不让帘子遮住火坑。她讲完话之后，一位妇女递给她一罐香油。她把这香油从头到脚，全身上下涂了一遍，然后将油罐扔进火里，自己也一同跳进熊熊燃烧的火坑之中。她一跳进火坑，众人便尽其所能地大把大把地朝她身上投掷木柴，免得她受太长时间的煎熬。喜庆气氛刹那间消逝，随之而来的是悲伤和哀悼。若是死者的地位低下，便直接把死尸运到埋葬的地方，让死者坐着，然后让死者的妻子跪在他面前，抱住死者的身体，同时在他们周围砌墙，砌到妻子肩高时，女方的一位亲戚在她身后抱住她的脑袋，把她的脖子扭断。她一断气，马上就把墙砌高，随后封闭，夫妻二人便这样合葬一处了。

就在这同一个国度里，类似的死法还表现在他们的苦行主义者身上。他们如此而为，不是因为有人强迫，也不是一时心血来潮，而是他们一向信奉的教义所致。他们到了一定的年龄，或者是感到自己得了不治之症，便为自己准备一堆柴禾，在柴禾上面安放一张床铺，在这张床上宴请亲朋好友和熟人，然后便义无反顾地点燃柴禾，躺在床上手不颤脚不抖，安安静静地熔化在烈火之中。一位名叫加拉努斯的苦行主义者，就是这样结束生命的。他如此了断自己的时候，亚历山大大帝所率部队全都在场。在他们看来，只有这样死去，才算修成了正果，才算得到了真福，也只有这样，才能让烈火彻底涤荡自己的灵魂，使自己的心灵更加纯净，不沾染一丝一毫俗世的痕迹。他们终其一生所追求的，就是这样一个奇迹。

在有争议的问题中，命运这个问题总会随之出现。任何事情的发生和发展，都是命运使然，不可避免地要受到命运的支配。我们一向认为：因为上帝预见到所有要发生的事情，这些事情也就这样发生了。毫无疑问，上帝预见的事情是必然会发生的。我们的老师说："我们看见的事情，上帝早就看见了（因为万事万物尽在他眼前，与其说是预见，不如说是看见）。事情的发生是自然而然的，不是强迫做出来的。因为事情发生了，我们便看见了，而事情不会因为我们看见了才发生。也就是说，事情的发生使我们看见了这件事情，事情若不发生，我们便看不见这件事情。我们看见了的事情，也就是发生了的事情。但是，一件事情可能以这种形式发生，也可能以那种形式发生。上帝对万事万物都一目了然，在上帝的一览表中，写着有意识的事件和无意识的事件，给了我们自由选择的余地。他知道，我们没有看见某事的发生，不是因为我们看不见，而是因为我们不想看见。”

我看见许多指挥官用命运决定一切这种观点去激励他们的战士：人在何时死，早已由命运决定。我们的生命不会因为敌人的枪炮或自身的勇敢而缩短，也不会因为胆小怕死而延长。这话挂在嘴边说说倒不难，而要让它深入人心，就不容易了。尤其是到了我们这个时代，即使是那些坚信我们的信仰的人，也多是把他的慷慨陈词挂在嘴边，很少放在心上。

这样的话用来训导别人可以讲得振振有词，而自己却不怎么会去理会它。儒安维尔先生是一个可信的人，他给我们讲述过贝都因人的故事。贝都因人混居在撒拉森人之中，圣路易王在圣地与他们有过交往。他们的宗教认定，每一个人的寿限都取决于不可改变的天命。他们上战场的时候，除了携带一把土耳其式的刀剑，穿一件白色衬衫外，再无别的防护器物。他们骂人最常用的话就是：“你这缩进乌龟壳的怕死鬼。”这说明他们言行一致，和我们大不一样。在我们父辈那时，有两个佛罗伦萨的化缘修士，因见识不同，发生了激烈的争论，争执不下，便约定当着众人的面，跳入火中，以证明自己坚定的信念。诸事张罗完毕，他们刚要跳入火中的时候，一件意想不到的事情阻止了他们的行为。

一位土耳其贵族青年在穆拉德与匈雅提的战争中，表现得异常勇敢，立下了显赫的战功。穆拉德不免觉得有点惊诧，这样一个毫无战争经验的毛头小伙子（这是他第一次上战场），何以如此英勇善战？得到的回答是，教会他勇敢的是一只野兔。他说："有一天，我去打猎，看见一只野兔，当时随我出猎的还有两匹优种猎狗。为了保险起见，我决定先射中它再说，于是便搭箭上弓，一连射了四十箭，所有的箭都已射光，不但未伤及它一根毫毛，而且它居然是不惊不惧。我放出猎狗，仍然像我放出去的箭一样，派不上一点用场。我终于明白过来，它的命神在守护着它。由此我想到，刀枪箭石能否击中我，那是由我的命运决定的，天不灭我，谁也奈何不了我，天要收我，怎么躲也躲不过。"这个故事让我们看到，世间万物多姿多态，只要是存在的，就是合理的。

一位德高望重、身份显赫的博学之士曾经向我谈起，一件很奇妙的事情使他的信仰发生了重大转变。我听后觉得很不可思议。他认为这种转变是一个奇迹，我也认为是一个奇迹。但我们各自认为的奇迹，意思是相反的。土耳其的历史学家说，土耳其人的信仰十分坚定，从不动摇。他们认为生死由命，从不为自己的生命操心分神。这使他们面临任何危险都无所畏惧。我认识一位伟大的君王，他把生命托付给上帝，而且对上帝深信不疑，无论遇到什么困难和危险，他都无怨无悔。愿上帝保佑他。

奥兰治亲王被刺一案，两个谋杀者表现出的决心和勇敢，令人尤为钦佩。第二个谋杀者的行为更是令人惊叹有加。他的同谋第一次去刺杀奥兰治亲王时，虽然竭尽全力，却惨遭失败。亲王遭此袭击，早已戒备森严，他所到之处，必有身强力壮的保镖随身护卫，客厅里都有卫兵，城中百姓又很拥护他。在这种情况下，第二个谋杀者居然还敢再冒风险，前仆后继，不达目的誓不罢休。显然，必死的决心激发出超人的勇气，他终于排除万难，完成了他的使命。怂恿他去刺杀亲王的人，一定会描述出诸多成功的机会，但是，只要稍微冷静地想一想，就会感到这次行动不可能有成功的机会。然而，他却成功了。他的成功充分证明，他不但有勇而且有谋，他死都不怕，还有什么能够动摇他的决心，扰乱他的心智？巨大的勇气会产生坚强的信心，做到许多我们意想不到的事情。奥尔良附近发生的谋杀案则大不一样，此次谋杀得逞，机会大于勇气。如果不是命运作祟，被刺者也不至于丧命。行刺者骑在马上朝被刺者开枪，而被刺者也骑在马上，两者相距较远，而且都在策马奔驰。很明显，行刺者宁愿射不中被刺者，也不愿丢失自己的性命。接下来发生的事情，即是最好的证明。因为想着自己在干一件惊心动魄的事情，他被弄得惊惶失措，目瞪口呆，连逃跑都找不到方向。他为何不蹚过河去求救于他的朋友呢？这是我曾经试过的危险最小的办法。不管河流有多宽，你的马都能够找到最容易下水的地方，也能够轻易地在河对面上岸，这种办法风险最小。再看奥兰治亲王的刺杀者，当他被宣判可怕的极刑时，他说：“对此我已早有准备，我早就想让你们对我的沉着大吃一惊。”

《亚历山大拜访狄奥根尼》

第38章
刀光倩影

哲学原理告诉我们，无论我们的感情和欲望多么强烈，终要归于理智的控制和驾驭。有人认为，在所有的感情和欲望之中，要数爱欲最为强烈，那是肉与灵的剧烈冲动，这种冲动一旦爆发出来，整个身心都要为之震撼，受它左右。它甚至会凌驾于人的健康之上，让人为它寻医用药也在所不惜。但是，另有一种说法认为，人的欲望会被满足或身体因素所冲淡，而逐渐平息下来。

许多人为了平息欲望在心里掀起的无休止的骚乱，使用了各种各样的办法，有的人用冷水，有的人用酸醋，有的人索性把引发欲望的器官割掉。我们的祖先曾经用马尾织成一种衣服和腰带，用以束缚和平息冲动的情绪。一位亲王亲自对我说起过，他年轻的时候，在弗朗西斯一世国王举行的一次宫廷盛典活动中，到场的人个个都身着盛装，他忽然心血来潮，想起要穿他父亲收藏在小房里的那件刚毛衬衣。但是，不管他要穿这件衣服的兴致多么高昂，还未穿到天黑，他便忍无可忍地把它脱了下来。此后好一阵子，想起这件衣服他还心有余悸。他说，他难以想象，有哪个热血少年能够抗得住那种束缚。也许，他还未尝过更猛更烈的激情味道。生活的经验告诉我们，那些不顾一切的激情发作起来，再粗的刚毛衣服也不能将它束缚。一件刚毛衬衣，不可能把任何一种激情都笼罩下去。

色诺克拉特的弟子想要检验他们老师的定力究竟有多大，把一位名叫莱伊丝的名妓弄到他床上。这位妓女雪肤玉貌，秀色可餐，几乎脱得一丝不挂，只有最撩拨人的部位稍稍遮掩着。面对这位花枝招展、媚态万千的绝色佳丽，色诺克拉特欲火中烧，势不可当，刹那间便冲破了他那哲学家最坚固的理性堤坝。在这万分危急的时刻，他当机立断，用火烧伤他那图谋不轨的器官，总算保住了哲学家的清誉。然而，野心、贪婪之类的诸多欲望，却深藏在心里，用火烧刀割之类的手段显然对付不了它们，只能靠理智加以约束。但是，人的欲望很难满足，一个愿望刚刚实现，其他愿望就会像雨后春笋一般萌发出来。

情欲与其他欲望有所不同，尤利斯·恺撒就是一个典型的例证。尤利斯·恺撒好色无度，无人比肩。为了满足肉欲的需要，像他那样注重修饰身体外表实属罕见。凡是想得到的勾魂摄魄的方法，他无一不用，不惜耗费巨资购买最昂贵的香水，甚至把身上的体毛拔得一干二净。他是一个英俊男儿，肤色白皙，身材高大，广额方颐，高鼻蓝眼，器宇轩昂，这是苏埃东尼乌斯对他的描述。然而在罗马看到的恺撒塑像与这描述不尽相同。他前后换过四次妻子不说，单说他青春时期，就跟随比提尼国王尼科梅迪，与情窦初开的埃及女王克莉奥佩特拉心气相通，结为情侣。克莉奥佩特拉生下的小恺撒是为见证。他的艳史多得难以数计，随便说说就有：毛里塔尼亚女王欧诺、塞维吕斯·苏勒皮齐乌斯之妻波斯图米娅、加比尼乌斯之妻劳利娅、克拉苏之妻泰图拉，甚至连权重一时的庞培之妻穆蒂娅也与他有染。据罗马史学家说，这就是庞培休掉穆蒂娅的主要原因。关于此事，普鲁塔克知之甚少。后来，库利奥父子俩都责备庞培不该娶恺撒之女为妻，不该去做前妻奸夫的女婿，连他自己都说恺撒是埃癸斯托斯[1]。此外，他还奉养着加图的妹妹塞维丽娅和马库斯·布鲁图的母

1　埃癸斯托斯，古希腊迈锡尼王，他趁阿伽门农出征与其妻私通，阿伽门农归来后将其谋杀夺其王位。

本图是《恺撒战记》手抄本中的画，为佚名画家所作。图中显示恺撒是剖腹产出生的，因而与众不同。

《恺撒的诞生》

亲。众人私下里说，从布鲁图出生的时间看，他很可能就是恺撒的儿子，难怪恺撒对他母亲那么关怀备至！从恺撒的生活经历看，他是一个纵情于女色的男子，这种欲望高高在上，几乎贯串着他生命的始终；与此同时，还有一个欲望令他更加疯狂，那就是野心。若这两种欲望一较高低，前者无论多么高贵，仍然要给后者让道。

拉迪斯拉斯，这位那不勒斯的国王，英勇善战，野心勃勃。但是，他最大的愿望是沉醉温柔乡，任意享芳容，生做风流人，死做风流鬼。他的生命恰好结束在这一愿望之上。他围困佛罗伦萨城，围困了很长一段时间后，城中军民无法突围解困，只好跟他谈判投降。他的条件却出人意料地简单。他对该城一无所求，只要交出城中那位他心仪已久的美丽姑娘，全城居民便可万事大吉。他们无可奈何，只好牺牲个人，成全大家，答应了这个条件。姑娘的父亲是当时的一位名医，医生不愿就此善罢甘休，为洗刷夺女之辱，失女之恨，他痛下决心豁出去了。众人为他女儿梳妆打扮时，他递给女儿一方异香扑鼻的精美手帕，配上女儿满身的珠光宝气，更是显得婀娜多姿，风采迷人。手帕是女子随身携带的日常用品，也是不可缺少的装饰，尤其是初见情人时，总是最先以手帕触摸对方的身体。医生极尽他医道之所能，把一种毒药巧妙地浸润在手帕上，待到他们同床共枕时，毒气便不知不觉地沁入他们的毛孔，热汗即刻变成冷汗，两人就此一命呜呼。

回过头来再谈恺撒。他从不会让快乐的时光从他身边悄悄地溜走，更不会放弃任何一个发迹的机会。在他的心目中，雄心壮志高于一切。正是这宏伟抱负，使他英姿勃发，处处焕发出过人的魅力，显示出超凡的气度。实事求是地说，这个人的非凡气概，他所创立的辉煌业绩，不能不让人感到困惑。他博览群书，通晓古今，著述颇丰，几乎对所有的学问都有深厚的造诣。许多人认为，他那杰出的演说才能，超过了当时最负盛名的雄辩家西塞罗。我想，他自己也不会没有意识到这一点。他的两篇《驳论加图》，以他雄辩的论述，足以抵消西塞罗《论加图》的影响。他不但才华横溢，而且谨慎小心、勤勤恳恳、任劳任怨、坚忍不拔，具有如此品质之人，实不多见。毫无疑问，他身上播撒了许多优良种子，那是活生生的种子，那是自然天成的种子，并非人为的矫饰。他饮食极其简单，以吃饱为准，决无丝毫奢侈。奥庇乌斯说，他有一天在别人家里吃饭，主人家给他端来加有高级调料的饭菜，尽管他吃不惯高挡食物，为了不让主人为难，他还是爽快地吃下了肚。而另一次，他的面包师给他送来的不是普通面包而是特制面包，该面包师被狠狠地责打了一顿。连加图都常常说起，这个把国家置于崩溃边缘的人，的确是这个国家最节俭的人。可是，有一天，加图却把他称为酒鬼。那天，他们一同在元老院讨论卡底利纳的阴谋，恺撒也被怀疑进去。这时刚好有人送来一封密信给恺撒，加图认定这封信是阴谋分子送来的，要求恺撒将信给他过目。恺撒为了避免嫌疑，只好把信交给加图。加图把信看了一遍，才知是他自己的妹妹塞维丽娅写给恺撒的情信。他懊恼地把信扔给恺撒，说："你这酒鬼！"酒鬼一词，通常是用来骂自己最讨厌的人，表示对其人的鄙视和愤慨，并不等于被骂的人真是个酒鬼，而是骂者一时语塞，找不出恰当的骂词，只好用该词代之，便于出气。再说，加图此时骂他酒鬼，也不算骂错，按照谚语所说，酒神和爱神情投意合，难分难舍。不过，依我之见，爱神应当伴随着清醒，才会更有生机。恺撒宽厚仁慈，无数例子证明，他对曾经以他为敌的人总是网开一面，宽容以待。我说的不仅仅是内战时期，也不仅仅是他的著作中所表现的那些，我说的是他的整个生命历程。他一直致力于宽抚他的敌人，尽量减轻他们失败的恐惧，让他们放心地处于他的统治之下。虽然我们可以说，他的这些举措不一定出于真心，但是，我们不可否定，他的宽容大度足以证明，他胆识过人，充满自信，具有非凡的勇气，向世人展示了气势磅礴的人格力量。他常常把被他征服的敌军全部放回去，不要他们的赎金，也不要他们信守什么誓言。那些被放回去的敌人，即使不支持他，也再难与他兵戎相见。他三番五次地抓获庞培的将领，又三番五次地放走他们。庞培公开宣布，凡是不站在他这一边的人，都是他的敌人；恺撒则声明，无论是谁，无论哪个阵营，只要不与他为敌，只要不对他动刀兵，都是他的朋友。对那些离他而去投奔别人的将领，他不但不强留，不刁难，而且还让他们带走原来使用的武器、马匹和随从。他攻占的城市，任由被征服者自由选择何去何从，他不留下一兵一卒驻守，只留下宽厚仁慈的记忆。在发动法萨卢斯大战那天，他严令部队，不是万不得已的情况，不许抓捕任何一个罗马市民。在我看来，恺撒这些举措充满了风险。在我国的内战史上，那些像他一样与旧势力作战的人，却不敢像他一样对敌宽宏大量。这并不奇怪，因为这种非同寻常的举措，只有恺撒那种非同寻常的人物，具有非同寻常的远见卓识和命运女神的特别惠顾才能运用。我终于明白过来，即使是一场不义的战争，胜利也会紧跟着他，因为他具有无与伦比的人格力量。

回过头来再看恺撒的宽厚。许多引人注目的事例在他执政时期体现出来。对于有损他的言行，他从不斤斤计较，力图避免使用强权来维护他的统治。恺厄斯·卡尔乌斯写了几首中伤他的讽刺短诗，后来又托朋友找他调解，恺撒便主动写信给他。卡图鲁斯曾经冒昧地用马穆拉之名称呼他，使他受辱，当卡图鲁斯前来向他道歉时，他即刻请卡图鲁斯上座吃饭，以礼相待。听到有人诋毁他，他也仅仅是在公开场合宣布他已得知此事，再无其他言辞。他并不害怕他的敌人，他只是不喜欢树敌。企图颠覆他的阴谋被他发现之后，他也只是发布一纸公告，表明他已知此事，不再往下追究。

他对朋友相敬如宾，关怀备至。盖尤斯·奥庇乌斯随他出巡，他发现这位朋友身体不适，便让出为他准备的仅有的一处住所，自己在露天冰冷的泥地上睡了一夜。他曾处死过一名心爱的仆人，那是因为这位仆人勾引了一位罗马战士的妻子。他这一维护正义的处决，没有招致任何非议。没有人比他在胜利的时候更加克制，也没有人比他在失败的时候更加坚定。

可惜，所有这一切美好的品质全被他那疯狂的野心所糟蹋。野心引导他误入歧途，把他置于迷茫的航道，使他迷失了前进的方向。一个坦荡君子，从慷慨豪爽堕落为一个窃国大盗。他恬不知耻地宣称，不论好人坏人，只要对他忠心耿耿，为他效力卖命，他将一视同仁地给予厚报，尽其所能地满足他们的愿望和需求。虚荣心冲昏了他的头脑，他无不自负地公然对他的同胞吹嘘，他把伟大的罗马共和国变得徒有虚名，空有其表，并无不自豪地说，从此以后，他的话就是法律。他傲慢无礼地接见来访的元老，纵容人们对他顶礼膜拜，像供神一样把他供起来。在我看来，仅此恶行，足以毁灭他所有最美好的天性和良知，把他引入人神共愤的污泥浊水之中。膨胀的野心使他狂妄自大，不自量力，居然企图摧毁世界上最强健的共和制来满足他一己的虚荣心。

然而，也有不少知名人士纵情于声色犬马胜过关心国家大事，如马克·安东尼之流的人物。但是，我敢断言，一旦情欲与野心互不相让，野心肯定会压倒情欲占据上风。

言归正传。人的欲望常常像野马一样狂奔乱跑，能够用理性的缰绳驾驭它，或者用强制的手段迫使骚动的器官老老实实，规规矩矩，都不是很容易的事情。鞭策自己不引人注目，摈弃被人赞赏的愉悦，收敛自身耀眼的魅力，免除别人的钟情喜爱，以自己优美动人的外表为忧，这样的人十分少见。尽管如此，我还是得以见到一位。他的名字叫斯布利纳，是托斯卡纳的一位小伙子：

如宝石黄金打制的首饰，
璀璨夺目，
如黑檀黄杨镶嵌着象牙，
流光溢彩。 ——维吉尔

他天生丽质，英气勃发，即便是最淡漠的人见了他，也忍不住要多看他几眼。他所到之处，都会让人艳羡眼馋。这般境遇，使他十分烦恼，深感不安。他怨恨自己的容貌招惹别人的注目，煽动别人的欲火。为了求得清静，为了避免这些烦恼和不安，他用刀子在身上和脸上划出一道道难看的伤痕，辜负了上天对他的一番美意，无情地毁坏了别人求之不得的美貌。他的这种举动令马克·安东尼（约公元前83—公元前30），古罗马政治家和军事家，曾是恺撒最得力的部下之一。公元前30年，安东尼兵败自杀。

马克·安东尼

我叹服，并不令我敬佩，我从来就不齿于这种极端的行为。虽然用意是良好的，但这种行为太过鲁莽，不近人情。不让人艳羡，也不至于就要让人厌恶，用这种极端的方式来求得解脱，难免不让人联想到如此举动受着疯狂的野心支使！人要作恶，难道还会规定在什么场合，采用什么形式吗？反言之，行善积德，在任何时候，任何情况下都能做到。我们应当珍惜上帝的恩赐，修身养性，把自己塑造得更加完美。

一些人远离世俗生活，逃避繁文缛节的束缚，虽说是洁身自好，独善其身，不免也有自欺欺人之嫌。世俗生活有苦有乐，避开世俗生活可以避免许多烦恼，同时也失去了许多快乐。道德高尚的人应当直面人生，顶天立地，肩负起生活的重任。也许，时时处处都要迁就妻子，还不如不要妻子；历尽千辛万苦去追求荣华富贵，还不如一无所有来得自在。按照常理来说，节衣缩食比排场铺张省心省事，节制稳健胜于过度操劳。西庇阿的生活丰富多彩，狄奥根尼过得清淡单一，富足的生活来得实惠，清淡的生活来得飘逸，两者都在普通平常的生活之上。

《亚历山大大帝》 | 西班牙 | 达利

第39章
数风流人物

要是有人问我，谁是我心目中最景仰的人，我会告诉他，在所有的人当中，我最崇敬三个人。

荷马，是我首先要提到的一位。讲学问，例如亚里士多德和瓦罗，也许不会不比他更博学多才；讲艺术，例如维吉尔，不见得就不如他才高艺广。此类话题，留待更有学问的人评说。以我个人之见，尽管本人才疏学浅，我相信，即使是缪斯也难超过罗马人维吉尔。

他那令人难忘的诗篇，
和着日月之神的节拍，
从他的鲁特琴中缓缓地流淌出来。——普鲁佩斯

我们不会忘记，维吉尔的创作灵感主要来自荷马，荷马是他的引路人和导师。维吉尔非凡的长篇史诗《埃涅阿斯纪》，深受荷马《伊利亚特》的影响，《埃涅阿斯纪》的主题和素材，与《伊利亚特》有一脉相承的关系。这些都不是我所关心的，我要说的是，荷马那令人仰慕的壮丽诗篇，在其他诗作中出类拔萃，超凡入圣。实在地说，使我惊叹的是他那超凡入圣的神来之笔，给这个世界创造了许多可敬可爱的神，而他自己却始终是个凡人。他，一个贫穷盲人，在一个蒙昧时代，通晓万事万物，为后世各门学科奠定了坚实的基础。无论是战争还是宗教，无论是哲学还是艺术，从事各种学术研究的人都能从他的书中汲取精神养料，他的书被视为无比珍贵的百科全书。

他告诉我们何为善，何为恶，何为有用，何为无益，
比克里西波和克朗道尔说得更加清楚明白。——贺拉斯

另有人说：

《对荷马的礼赞》丨英国丨弗拉克斯曼

读他的诗，如甘露润舌，甘泉润心，
那是永不枯竭的源泉。——奥维德

还有人说：

唯有荷马，
可与诗神缪斯比肩，
可与日月群星争辉。——卢克莱修

还有人说：

出自他口中的诗篇，
如同大江的源泉，
所有支流的小河小溪，
全靠他的源泉滋润。——马尼利乌斯

按常理来说，万事万物都有一个生长发育的过程，从不完善到完善。荷马的诗歌则破天荒而出，从它诞生之日起，就完美无瑕。他那尽善尽美的诗篇足以证明，古往今来，他是诗歌发展史上绝无仅有的第一人。前无古人供他学习借鉴，后生来者对他望尘莫及。用亚里士多德的话来说，他的语言，是最有动感，最有内容的语言。亚历山大大帝在大流士的战利品中，挑出一只最华丽最贵重的箱子，用于存放荷马的书籍。他说，荷马是他最优秀、最忠实可靠的战争指导老师。普鲁塔克更是对荷马佩服得五体投地。他说，纵览世界藏书，唯有荷马的书令人学而不厌，常读常新。任性而为的亚西比德，向一自称博学的人借阅荷马的书。此人没有，他抬手便扇了那人一巴掌，仿佛他发现一个牧师没有祷告的经书一样。有一天，色诺尼跟锡拉库斯的暴君希伦唱穷叫苦，说他穷得连两个仆人都养不起。“什么！”希伦叫道：

《诱拐海伦》| 意大利 | 圭多·雷尼

这是17世纪意大利学院派绘画的代表作。画中的人物神态生动而高贵，尤其突出了海伦的美。荷马在其史诗中只是通过希腊战士的口写海伦，可谓不着一字，尽得风流。

“荷马比你这样的文人穷得多，他养活的人何止百万千万，尽管他已经死了。”珀尼西厄把柏拉图比作哲学界的荷马，对于此言好像也无话可说。此外，他的诗篇壮丽辉煌，不可比拟；没有谁像他的名字和作品那样广为传诵，经久不衰；没有任何事物像特洛伊、海伦，以及她经历的战争那样家喻户晓，深入人心。也许，这场战争并未发生过。我们的孩子用他三千年前虚构的名字命名自己，赫克托耳和阿喀琉斯谁人不知，谁人不晓？不只是个别家庭，甚至是大多数民族，都试图在他的作品里追根溯源。土耳其皇帝穆罕默德二世写信给我们的教皇庇护二世，“我想不通的是，”他在信中说，“意大利人怎么可以把我当成敌人？我们都是特洛伊的后人，我们理应同仇敌忾，一致对付希腊人，为赫克托耳报仇雪恨。他们反倒和希腊人来对付我。”君主制，共和制，皇帝诸君，在时间的长河中，在人生的舞台上，他们扮演的角色，他们上演的闹剧，不正如荷马史诗描写的一样吗？七个希腊城邦（斯米尔纳、罗得岛、科罗芬、萨拉米斯、希俄斯岛、阿哥斯、雅典）都争相认定自己是荷马的出生地，不管是与否，不如此便显不出自己的尊荣！

亚历山大大帝，是我要说的另一位。他年纪轻轻就开始了他的事业，而且不费吹灰之力便实现了他的宏愿。他的足迹遍及世界各地，手下猛将如云，良臣无数，对他俯首贴耳，言听计从。他敢于冒险，善于冒险，似乎命运女神又特别垂顾于他，使他那辉煌的成就来得太快太容易。

踏破雄关，摧毁顽敌，

势不可当，所向披靡。——卢卡努

他英年早逝，只活了三十三个年头。在常人来说，这才是人生的开始，他却像一阵胜利的旋风，刮遍了人迹所到之处，成就了人类最辉煌的业迹。若他继续活下去，活到他更成熟的年龄，随着他的勇气和运气的增长，他的作为将会令人更加难以想象。他让他的普通战士登上了尊贵的王位，统治着世界各个地方。他死后，由四位继承者分治辽阔的疆土。这四位继承者都是出身低微的普通将领。他的子孙后代在他开拓的辽阔疆土上长治久安，历久不衰。他集美德于一身，公正、节制、慷慨、诚信。他不但善待自己的士卒，而且宽待被他征服的敌人。他的人品简直不可挑剔，尽管他有一些非常行为让人觉得不可理喻。然而，成大事者不可以让常规束缚手脚，评价一个人物，要看他的主流方向和全部行为。底比斯和波斯波利斯的毁灭，梅南德和埃弗辛医生被谋害，一次就屠杀那么多波斯战俘，诱骗本可突围而出的印度军队、科赛人及众多的儿童坐以待毙，都是他不可开脱的罪责。但是，他对克利图斯事件的深深忏悔，表明了他内心深处的良知尚未泯灭。有位贤者论及他说，他的德行来自天性，他的罪行来自命运。也许是他少年得志，有时显得骄傲自大，不喜听逆耳之言，不珍惜军需物资，在印度的时候，把马槽、马料和武器随便乱扔。我们从他身上看到更多的是非凡的军事天才、坚强的意志、远见卓识、耐心、纪律、敏锐、宽厚、果断，以及不离左右的好运。无论从哪方面看，他都堪称天下第一流的英才。他相貌堂堂，一表人材，面目俊秀，体型匀称，浑身上下焕发出勃勃的生机。

如喷薄而出的一轮红日，

《亚历山大与罗克桑娜的婚礼》| 佛兰德斯 | 鲁本斯

亚历山大除了擅长武力征服外，还深谙和亲之妙，他不仅自己娶波斯女子等为妻，还鼓励部分士兵们也这样做。本图表现的是他娶撒马尔罕的罗克桑娜并为其加冕的情景。

如群星中最璀璨的那颗明星，

他扬起那庄严神圣的脸庞，

将天空的黑暗一扫而光。——维吉尔

他博学多能，超凡出众。他的光辉清纯透亮，恒久不息，无可比拟，也无从妒忌。直到他逝世以后很长一个时期，人们依然怀着宗教般的热情坚信，只要佩戴他颁发的勋章，定会带来意想不到的福气。在众多的帝王中，为他撰写传记的历史学家最多，没有一个帝王像他那样引人注目，受人尊崇。伊斯兰教徒在最排外的今天，把所有外族历史文化都排除在外，唯独给亚历山大留下一席之地，依然对他崇敬有加。平心而论，在他和恺撒之间，我一再权衡，考虑再三，选择了许久，终于还是选择了他。可以肯定地说，恺撒的丰功伟绩多靠自身的力量创立，亚历山大则更多地托福于运气。他们之间的许多优势旗鼓相当，难分上下。他们是两条燃烧世界的巨大火龙，或者说是两股冲刷世界的洪峰，也许，恺撒显得更加猛烈激荡：

如干枯的树林燃起了熊熊大火，

爆发出噼里啪啦的剧烈声响，

如高原奔流而下的洪流，势不可当，

浩浩荡荡地流向海洋。——维吉尔

虽然恺撒的野心更有节制，来得更加稳健，但是，恺撒最后给国家带来的是痛苦，给世界带来的是灾难。所以，从整个历史事件来看，从他们个人的结局来看，我不由得倾向于亚力山大，选择了他。

伊巴密浓达是我看好的第三位最杰出的人物。论荣耀，他亚历山大大帝俘虏了印度旁遮普王波拉斯后，问波拉斯该怎样对待他，波拉斯说：『像国王一样。』亚历山大为其高贵气质所震撼，决定把波拉斯的领地还给他。最后他们接成了联盟。

亚历山大与波拉斯

远不如前两位那么显赫（荣耀也是事物实质的一个组成部分）；论勇敢和顽强，他不是那种受野心驱使的亡命之徒。他是一个有高度智慧和理性的人，头脑清醒，行事稳妥。他的这种美德的确在亚历山大和恺撒之上。虽然他的战功不是那么显赫，战果不是那么一个紧接着一个，但是从整个战场环境和所有的战争因素来看，他的胆识和谋略，并不在亚历山大和恺撒之下。希腊人一致认为，他是希腊最伟大的人物。而希腊最伟大的人物，也完全有可能是世界上最伟大的人物。讲到他的学识，年高德劭者如此评价他：“没有人比他的学识更加丰富，也没有人比他更加谦虚谨慎。”他是毕达哥拉斯派学者，是一名无与伦比的演说家，没有任何人的演说比他更有说服力。他的道义和良知远远在其他管理公众事务者之上。公众事务是头等大事，是衡量我们品质的试金石。我以为，任何其他事务全部加在一起，也不比公众事务重要。伊巴密浓达这方面的道德情操不在任何哲学家之下，甚至可以说，不在苏格拉底之下。高洁，是这个人固有的特质，主宰着他整个生命。他真诚，清廉，并且始终如一。相形之下，亚历山大显得有些模糊、不确定，不如伊巴密浓达完整、坚贞。

古人把所有的名将逐一筛选一遍，就能看到每个人各有所长。伊巴密浓达出类拔萃，他的道德品质丰满坚实。无论何时何处，在他身上从来看不到私欲的影子。无论是私事还是公事，无论是战争年代还是和平岁月，无论是面对荣耀还是面对死亡，我实在想象不出还有谁比他更值得我爱戴。

他的一个最亲近的朋友说，他执意要过清贫的生活，而且过得那么认真细致，那么一丝不苟。这种品质虽然让人敬佩，却难

伊巴密浓达之死

让人仿效，常人很难自律去过那样严峻的生活，我也不例外。

唯有一人可与伊巴密浓达争辉，那就是西皮奥·伊米利埃斯。此人学识渊博，从生到死都闪耀着勇敢庄严的光辉。啊，面对举世公认的如此高贵的一对，我真不知道该选择谁才好！一个是希腊之最，一个是罗马之最。普鲁塔克在他的书中对这两人推崇备至，最为景仰。时光匆匆流逝，带走带来多少慨叹和遗憾！

在我心目中，还有一位非宗教圣徒，用我们的话来说，即世俗生活中的贤者。他的名字叫亚西比德。此君有理想，有追求，有抱负，并且生活丰富多彩，绚丽多姿，亦不失为人中俊杰。

关于伊巴密浓达超常的美德，还有几件事值得一提。他说，他这一生最感快慰的事情，是他在卢克特战役取得的辉煌胜利给父母带来的快乐。能让父母为自己的儿子自豪，是人生中最快乐的事情。他认为，即便是为了祖国的自由和解放，错杀无辜也是非法的。鉴于此，他对同僚派洛皮达为解放底比斯发动的战争，反应冷漠。他还认为，在战场上，对站到敌方阵营的朋友，能回避则回避，能宽容则宽容。他对敌人的人道主义精神，使得皮奥夏人对他产生了怀疑。他在科林斯附近，出其不意地突破斯巴达人驻守的莫莱关隘。他在率领部队穿越敌阵的同时，给敌人留下了一条生路，此举使他失去了统帅职位。撤掉他的统帅之职，不但无损于他的荣誉，反而为他增光添彩。事实证明，撤换他的那些人不得不羞愧地看到，他们自身的安全和荣誉，一刻也离不开伊巴密浓达，他们不能不请求伊巴密浓达重任统帅之职。胜利如影随形一样伴随着他，他走到哪里，就把胜利带到哪里，他的国家伴随着他的胜利而兴盛，伴随着他的死亡而衰亡。